매일 매일이 좋은 날 ❷

일상에서 길어올린 순간의 깨달음

매일매일이 좋은 날 ❷

초판 1쇄 인쇄일 | 2017년 3월 10일　　초판 1쇄 발행일 | 2017년 3월 15일

지은이 | 채지충
옮긴이 | 정광훈
펴낸이 | 강창용
책임편집 | 이윤희
디 자 인 | 싱타디자인
책임영업 | 최대현·민경업

펴낸곳 | 느낌이있는책
출판등록 | 1998년 5월 16일 제 10-1588
주 소 | 경기도 고양시 일산동구 중앙로 1233번길 현대타운빌 1202호
전 화 | (代)031-932-7474
팩 스 | 031-932-5962
홈페이지 | http://feelbooks.co.kr
이메일 | feelbooks@naver.com

ISBN 979-11-86966-40-2 04820
979-11-86966-34-1 04820 (세트)

* 책값은 뒤표지에 있습니다.　　* 잘못된 책은 구입처에서 교환해 드립니다.

이 도서의 국립중앙도서관 출판예정도서목록(CIP)은 서지정보유통지원시스템 홈페이지(http://seoji.nl.go.kr)와 국가자료공동목록시스템(http://www.nl.go.kr/kolisnet)에서 이용하실 수 있습니다.
(CIP제어번호 : CIP2017005277)

水墨说禅 수묵설선

매일 매일이 좋은 날 2

일상에서 길어올린
순간의 깨달음

채지충 지음 · 정광훈 옮김

느낌이있는책

수묵으로 선을 말하다

선문답은 깨달음의 정수를 담고 있어 불교 수행자들을 바른 수행의 길로 인도하는 이정표가 되어 왔다. 선문답에는 장황한 불교 교리 해설이나 종교적인 미사여구 없이 일상적인 용어를 사용하기에 이해하기 힘든 내용은 없다. 하지만 글자만 보고 따라가다 보면 이내 막다른 길이다. 선문답이 품은, 깊은 수행 끝에 얻은 결실을 후학들이 공감하기란 쉬운 일이 아니다. 그래서 수많은 선지식이 길잡이가 되어 그 미로에서 벗어나는 길을 안내해 왔다.

이 책은 대만 최고의 만화가로 불리는 채지충 화백이

선문답의 세계를 안내하는 그림책이다. 채 화백은 방대한 분량의 중국 고전과 불교 경전 만화들로 이미 우리나라 독자들에게 신세계를 보여준 바 있다.

채지충 화백은 한국의 고우영, 일본의 요코야마 미쓰테루와 함께 아시아 3대 만화가로 꼽히며 난해한 중국 고전을 재치있게 해석해 만화로 재탄생시킨 것으로 유명하다. 그는 공자, 맹자, 손자, 장자 등의 중국 고전을 해학적이고 쉽게 풀어내어 45개국 1억만 명의 독자들에게 선보였고 이러한 그의 활동은 중화권 만화의 입지를 한껏 끌어올리기도 했다.

그런데 채 화백의 그림은 단순히 재미있고 흥미로운 것에 머물지 않는다. 그는 흥미 속에 심오한 정신세계를 담아낼 줄 아는 작가이며, 그의 작품은 철학과 역사를 넘나들며 쌓은 깊은 지식과 영성을 근간으로 하고 있다. 또한 수년 동안 불경 공부를 하며 다져진 선지식은 불교를 공부한 학자만큼이나 예리하고 심오하다.

이 책에는 지금까지도 선맥의 기본이라 여겨지는 당나라 시대 고승들의 선문답과 설법이 채 화백의 선화(禪畵)와 함께 실려 있다. 그리고 선문답은 선화를 만나며 문장의 나열을 넘어 맑고 정갈한 하나의 이미지로 재탄

생한다. 잠시 들여다보고 있으면 무릎을 탁 치며 빙긋이 웃게 하는 이미지 말이다. 어려운 내용을 쉽게 풀어내는 채 화백의 공력에 새삼 경의를 보낸다.

이 책은 선의 의미가 함축된 글과 선의 풍취가 생동하는 그림이 하나가 되어 의미있고도 심오한 선의 힘을 뿜어내고 있다. 그림을 즐기는 독자, 선을 공부하는 독자 그리고 삶의 품위를 추구하는 독자 모두에게 사랑받기 충분한 작품이다.

종림(고려대장경연구소 이사장)

차 례

2

선에 다가가기

3

깨달음에 머물기

1

마음 놓아버리기

일체의 고통은 마음에서 비롯된다

업(業)을 밭으로 삼고, 마음을 씨앗으로 삼아,
무명(無明)의 땅에 탐욕의 비를 내리고,
자아의 물을 댄다.
그래서 옳지 않은 견해가 날로 자라나,
결국 미혹의 몸이 만들어진다.
슬픔과 고통, 번뇌와 미망으로 가득한 이 세계는
우리의 마음에서 비롯된다.

처하지 않는 곳이 바로 몸을 편안히 할 곳

한 승려가 장사경잠선사에게 물었다.

"무엇이 나의 마음입니까?"

장사경잠선사가 말했다.

"모든 시방의 세계가 당신의 마음이오."

승려가 다시 물었다.

"그렇다면 몸을 편히 할 곳이 없는 것 아닙니까?"

"몸을 편히 할 곳이 없는 곳이 몸을 편히 할 곳이오."

사람은 항상 자기에서 출발하여 자기가 처한 상황 속으로 녹아들지 못하게 된다. 바로 지금의 상황이야말로 곧 생명의 시간 조각이고 자신과 무한한 시방의 세계가 한 몸임을 깨닫는다면, 그가 바로 깨달음에 이른 선자(禪者)이다.

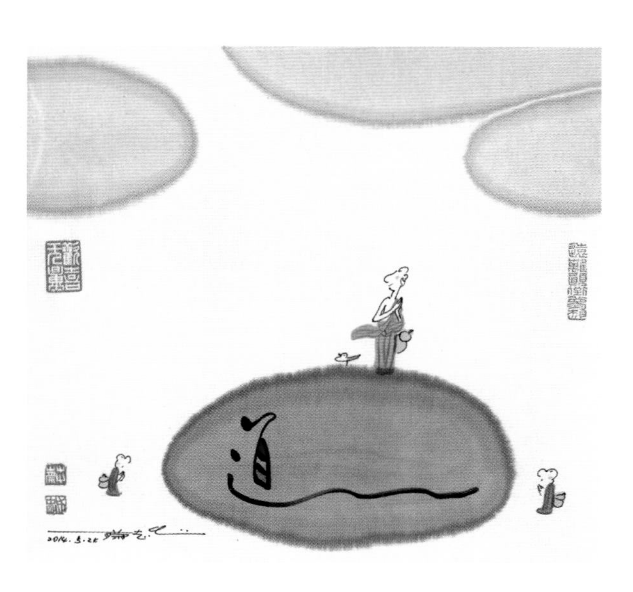
道

마음을 없애면 화는 스스로 누그러진다

한 승려가 동산(洞山)에게 말했다.

"추위와 더위가 닥치면 어떻게 피하십니까?"

동산이 말했다.

"그때가 되면 추위와 더위가 없는 곳으로 가지요."

승려가 다시 물었다.

"추위와 더위가 없는 곳이 어디입니까?"

"추울 때는 당신을 추워 죽게 하고, 더울 때는 당신을 더워 죽게 합니다."

승려가 이 문답을 이해하지 못해 황룡화상에게 물었다.

"도대체 어떻게 해야 합니까?"

황룡은 한동안 묵묵히 있다가 답했다.

"참선에는 산과 물이 필요치 않고, 마음을 없애면 화는 스스로 누그러지지요."

2014·6·1

마음의 문제

불법을 배우는 목적은 무엇인가?
불법을 배우는 것은 사후 서방정토로 가기 위해서가 아니니, 인생의 모든 고난은 대부분 우리의 마음에서 자라난다.
수행의 핵심은 곧 마음의 조절이다.
불법을 배우는 목적은 자신의 마음을 관조함으로써, 스스로가 몸의 주인, 마음의 주인이 되도록 하는 것이다.

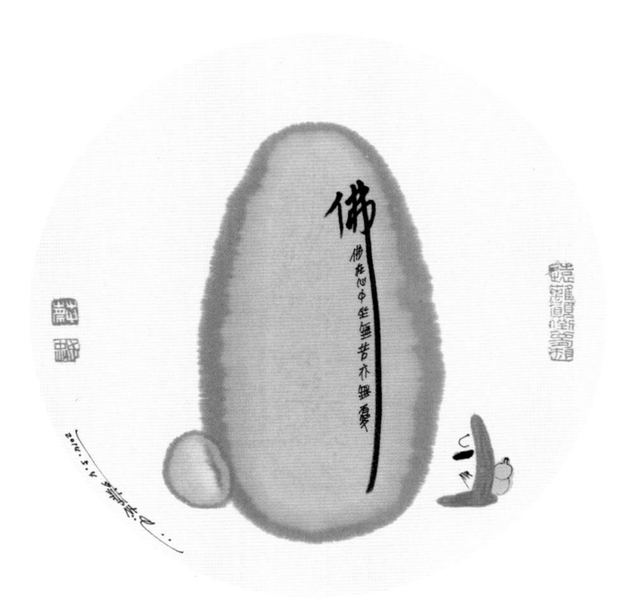

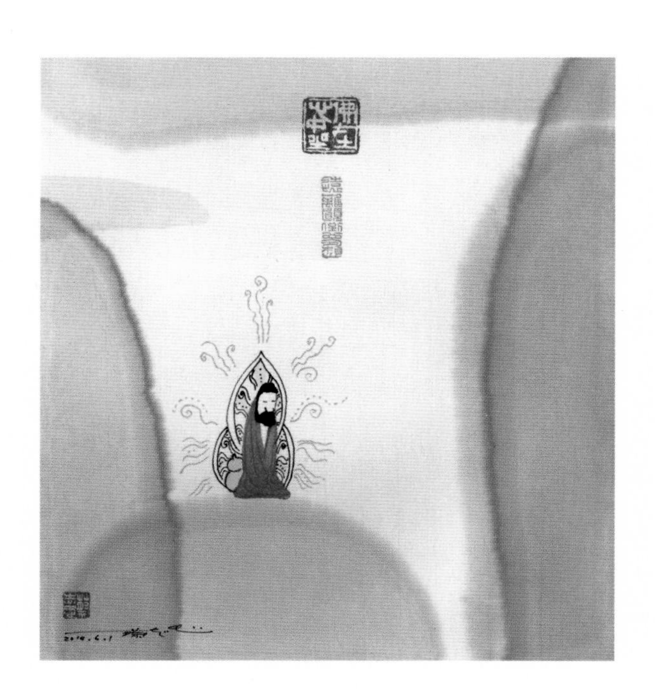

만족을 모르는 마음

해가 뜨면 일하고 해가 지면 쉬는 부지런한 농부가 있었다. 어느 날 해 질 무렵, 그는 숲속에서 땔감을 줍다가 수풀 사이에서 금색의 18나한상 중 하나를 발견했다.
농부는 즉시 나한상을 안고 집으로 돌아왔다.
농부의 아내가 기뻐하며 말했다.
"가져가서 팔면 평생 먹고 살 걱정은 없겠어요."
"하늘이 좋은 사람을 아끼시는 거야."
농부가 즐거워하며 말했다.
그런데 며칠 동안 농부는 마음이 답답하고 우울하기만 했다.
아내가 물었다.
"금 나한을 주웠으면 기뻐해야지 왜 우울해 있나요?"
농부가 말했다.
"다른 나한상 열일곱 개는 어디 있을까 생각하고 있어. 그것까지 찾을 수 있다면 우리는 금방 더 부자가 될 텐데!"

탐욕은 만족을 모르는 것에서 온다

공공존자가 말했다.

"인생의 문제는 대부분 배고픔에서 오지 않고 마음 고픔에서 온다."

"마음 고픔이란 무엇인지요?"

"탐욕이 가장 흔한 마음 고픔이다. 우리는 잠을 충분히 자면 자리에서 일어나고, 밥을 충분히 먹으면 식탁에서 일어나고, 일을 다 마치면 쉬게 된다. 일생 동안 다 쓰지도 못할 돈을 충분히 번 다음에도 죽도록 돈을 버는 것은 탐욕 때문이다. 사람은 항상 자신에게 더 이상 필요 없는 잉여의 일에 일생을 바치곤 한다."

제자가 물었다.

"만족을 모르는 것이 무엇인지요?"

공공존자가 답했다.

"우리는 자기가 배부르게 먹었다는 것을 알 수 있고, 충분히 잤다는 것도 알 수 있다. 그러나 자기가 돈을 충분히 벌었음을 아는 이는 인생에 대해 깨달은 사람뿐이다.

그는 자신에게는 더 이상 필요치 않은, 훨씬 더 많은 것들과 자신의 생명을 바꾸진 않는다."

제자가 물었다.

"부유함이란 무엇인지요?"

공공존자가 답했다.

"너의 능력이 너의 욕망을 충분히 만족시킬 때가 바로 부유한 것이다."

우리는 자기가 **배부르게**
먹었다는 것도 알 수 있고,
충분히 잤다는 것도 알 수 있다.

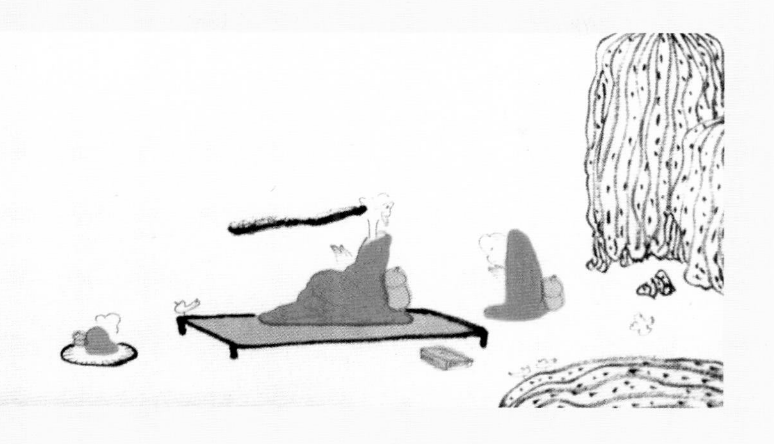

그러나 자기가 **돈을** 충분히
벌었음을 아는 이는
인생에 대해
깨달은 사람뿐이다.

마음속 돌덩이

지장선사는 구화산(九華山)에 살았다. 선객 몇 명이 그의 거처에서 잠시 쉬다가 심(心)과 법(法)의 문제에 대해 논했다.

지장선사 역시 토론에 참여하여 이렇게 말했다.

"불경에서는 항상 삼계유심(三界唯心), 만법유식(萬法唯識)이라고 하지요."

그런 다음 마당의 돌멩이를 가리키며 말을 이었다.

"이 돌이 마음속에 있습니까, 마음 밖에 있습니까?"

한 선객이 답했다.

"불교에서는 마음이 만법을 낳는다고 했으니 이 돌은 마음속에 있다고 생각합니다."

지장선사가 말했다.

"당신은 참으로 어리석군요. 매일 쉬지 않고 돌아다니는데 마음속에 돌덩이 하나가 떡하니 자리 잡고 있으면 너무 피곤하지 않소?"

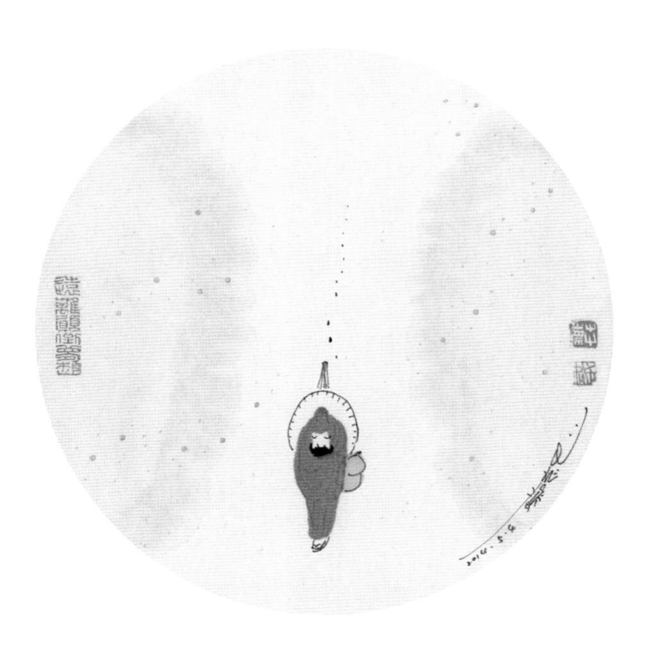

작은 파도의 깨달음

작은 파도가 큰 파도에게 말했다.

"저는 너무 괴로워요! 다른 파도들은 저렇게 큰데 저는 이렇게 작잖아요. 어떤 파도는 사정이 참 좋은데 저는 이렇게 형편없고 마음에 드는 데가 없어요!"

큰 파도가 작은 파도에게 말했다.

"너는 너의 본래 모습을 보지 않아서 이렇게 괴로운 거란다."

"제가 파도가 아니란 말인가요? 그럼 저는 무엇인가요?"

"사실 너는 물이야. 파도는 너의 잠깐의 겉모습일 뿐이지."

"제가 물이지, 파도는 아니라고요?"

"너의 본질이 물이라는 것을 확실히 알면, 너는 다시는 파도라는 형체에 미혹되지 않고 괴로워하지도 않을 거야."

"알겠어요. 제가 바로 당신이고, 당신이 바로 저이고, 우리는 둘 다 큰 바다이고, 당신과 내가 함께 하나의 큰 나(大我)라는 말이군요."

작은 파도가 큰 파도에게 말했다.

그 사람에게 신경 쓰지 말라

한산(寒山)이 습득(拾得)에게 물었다.

"어떤 사람이 나를 비방하고, 나를 기만하고, 나를 욕하고, 나를 비웃고, 나를 무시하고, 나를 천대하고, 나를 속이면 어떻게 해야 할까요?"

습득이 답했다.

"그를 용서하고, 그에게 양보하고, 그를 피하고, 그에게 맡기고, 그를 참아내고, 그를 공경하고, 그에게 신경을 쓰지 말고, 다시 몇 년이 지나 그를 보시오."

마음이 없으면 죄도 없다

한 거사가 강변에서 산책하다가 뱃사람이 모래톱의 배를 강으로 밀어 손님을 싣고 강을 건너려 하는 광경을 보았다.
바로 그때 한 선사가 길을 지나가자 거사가 곧 다가가 예를 올린 후 물었다.
"선사님, 방금 뱃사람이 배를 강으로 밀 때 강가에 있던 게, 새우, 고둥이 많이 죽었습니다. 이건 승객의 죄인가요? 아니면 뱃사람의 죄인가요?"
"승객의 죄도 아니고 뱃사람의 죄도 아니오!"
거사는 이해가 가지 않는 듯 다시 물었다.
"둘 다 죄가 없다면 누가 죄가 있단 말입니까?"
선사가 두 눈을 부릅뜨더니 소리쳤다.
"바로 당신의 죄요!"

좌선수행하면 마음이 불기(不起), 불생(不生), 불멸(不滅), 부정(不淨), 불구(不垢), 불생심(不生心)하게 한다. 뜻은 마음으로부터 생기고, 마음이 생기면 곧 업보가 생긴다. 승객과 뱃사람은 마음이 없어서 과오도 없다. 그러므로 마음이 생긴 거사에게 죄가 있는 것이다.

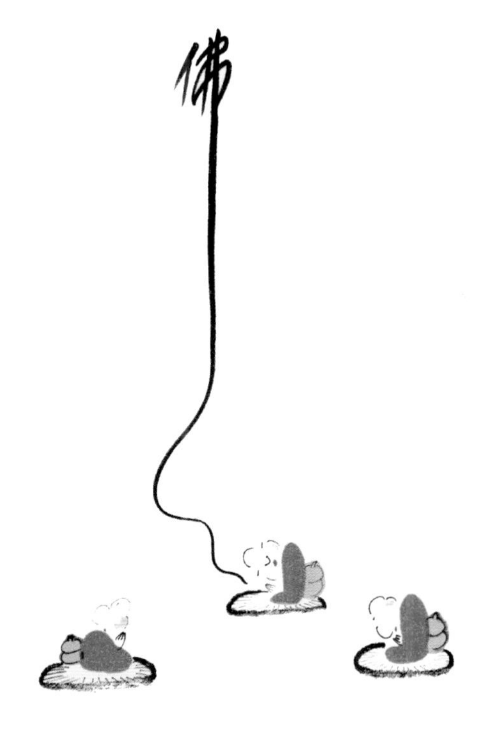

지자의 네 마디

인도에서 어떤 사람이 지자에게 물었다.

"어떻게 해야 무고(無苦)의 경지에서 살 수 있습니까?"

인도의 지자가 답했다.

"자기 자신을 다른 사람으로 여기십시오!"

"저 자신을 다른 사람으로 여긴다면, 저 자신은 누가 되는 겁니까?"

"다른 사람을 자기 자신으로 여기십시오."

"이 두 가지 다음에는 어떻게 합니까?"

"다른 사람을 다른 사람으로 여기고, 자신을 자신으로 여기십시오."

"왜 자신을 다른 사람으로 여기고, 다른 사람을 자신으로 여기고, 다른 사람을 다른 사람으로 여기고, 자신을 자신으로 여겨야 합니까?"

"스스로를 다른 사람으로 여기면 무아의 경지에 이를 수 있고, 다른 사람을 자기 자신으로 여기면 자비의 마음이 생기지요. 다른 사람을 다른 사람으로 여기는 것은 사람에 대한 존중이고, 자기 자신을 자기 자신으로 여기는 것은 삶의 지혜이지요. 무아, 자비, 사랑, 지혜에 이를 수 있을 때가 곧 무고의 정적과 피안에 이르는 때입니다."

스스로를 다른 사람으로 여기면
무아의 경지에 이를 수 있고,
다른 사람을 자기 자신으로 여기면
자비의 마음이 생기지요.

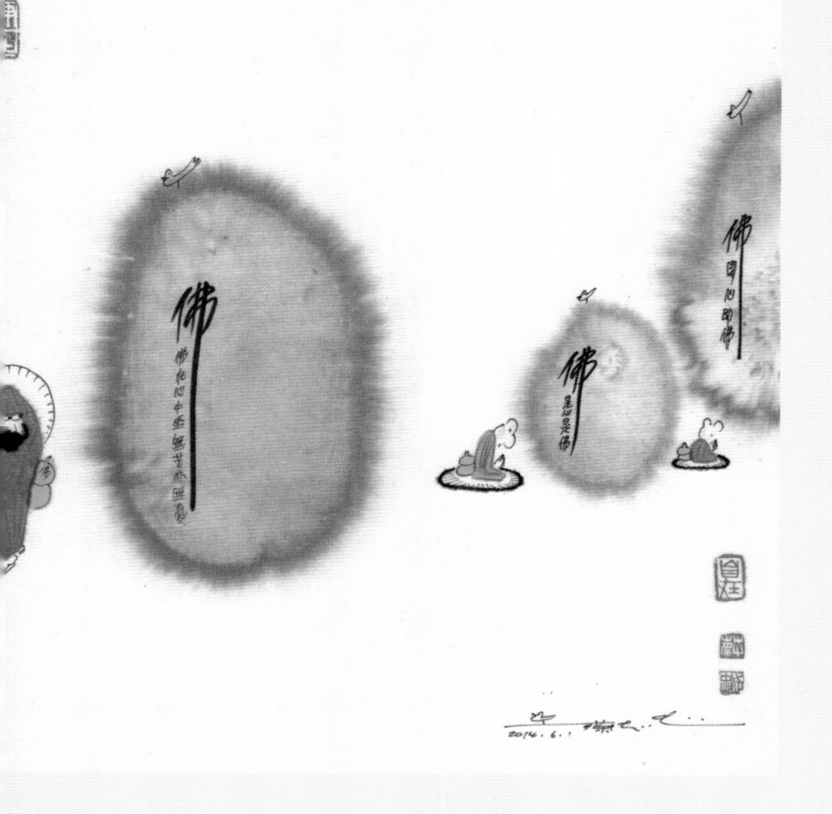

다른 사람을 다른 사람으로 여기는 것은

사람에 대한 존중이고,

자기자신을

자기 자신으로 여기는 것은

삶의 지혜이지요.

어릿광대만 못하다

백운수단선사가 젊었을 때 양기방회선사가 있는 곳에서 참선에 들었다. 그러나 한참을 지나도 깨달음에 이르지 못해 방회선사가 그를 이끌어주고자 했다.

하루는 방회선사가 백운수단에게 물었다.

"어느 분이 너를 불법의 길로 이끄셨느냐?"

백운수단이 말했다.

"제 스승님은 다릉인욱(茶陵仁郁) 화상이십니다."

방회선사가 계속 말했다.

"내가 들은 바로는 다릉울산주(茶陵鬱山主)가 한번은 길을 가다가 삐끗해서 넘어졌는데, 그때 깨달음을 얻어 게를 한 수 말했다고 한다. 그 게를 너는 기억하느냐?"

백운수단이 말했다.

"물론 기억합니다. 밝은 구슬 한 알이, 오래도록 먼지 속에 묻혀 있다가, 오늘 아침 먼지는 사라지고 빛이 생겨나, 만방의 빛으로 산하를 비추네."

佛

방회선사는 한바탕 크게 웃고는 자리를 떴다. 백운수단은 방회선사의 웃음이 무슨 의미인지 알 수 없어 그 자리에 멍하니 있었다.

그날 밤 백운수단은 잠을 이루지 못했고, 다음날에는 밥도 제대로 넘기지 못했다. 며칠이 지나 그는 더 이상 참을 수 없어 법당으로 가 방회선사에게 가르침을 청했다.

백운수단이 물었다.

"지난번 사부님께서 제 대답을 들으시고 크게 웃으신 이유가 무엇입니까?"

방회선사가 답했다.

"잔치가 있을 때 절 앞에서 공연하던 그 어릿광대를 본 적이 있느냐?"

"본 적이 있습니다."

"너는 그 어릿광대만도 못하다."

"이유가 무엇입니까?"

"어릿광대는 사람들이 한 번 웃어주기를 바라는데, 너는 남이 웃을까 두려워한다. 내가 겨우 한 번 웃었는데 너는 밥도 못 먹고 잠도 이루지 못했다. 그러니 너는 그 어릿광대만도 못한 것이다."

백운수단은 즉시 큰 깨달음을 얻었다.

병 속의 거위

당나라 때 태수 이고(李翶)는 유명한 학자였다.

하루는 이고가 남천보원선사를 찾아뵈었다. 이고가 남천선사에게 물었다.

"옛날에 어떤 사람이 유리병 안에 새끼 거위 한 마리를 길렀습니다. 나중에 거위가 다 커서 병에서 꺼낼 수 없게 되었습니다. 거위를 키운 사람은 거위를 구출하고 싶으면서도 병을 깨고 싶지도 않았습니다. 선사님, 이럴 때는 어떻게 해야 둘 모두 온전할까요?"

말을 마치자마자 남천선사가 갑자기 소리를 질렀다.

"이고야!"

이고는 이 소리를 듣자마자 저도 모르게 답했다.

"여기 있습니다."

남천선사가 웃으며 말했다.

"자, 여기 나왔지 않습니까!"

이고는 선사의 이 초월적 진리에 깨달음을 얻었다.
사람은 항상 마음속 갈등에 빠져
스스로 벗어나질 못한다.
우리의 몸이 미망 속에 처해 있더라도
스스로의 청명한 존재는 여전한 것이다.

운문의 안과 밖

운문선사가 목주선사를 방문하였는데, 도량에 이른 때가 마침 황혼 무렵이었다. 운문선사가 힘껏 문을 두드리자 한참 후에야 목주선사가 와서 문을 열어주었다. 운문선사가 한 발을 올려 문턱을 넘으려는 순간 목주선사가 갑자기 문을 닫아버렸다.

운문선사가 소리쳤다.

"아이고, 아파 죽겠네!"

목주선사가 말했다.

"누가 아프다고 소리를 지르는가!"

"선사님, 접니다."

"당신은 어디에 있소?"

"문밖에 있습니다."

"밖에 있으면서 왜 아프다고 소리를 지르시오?"

"제 발이 문 안쪽에 있는데 문을 닫아버리셨어요."

"발은 문 안에 있는데 왜 사람은 문밖에 있소?"

"문이 저를 안과 밖으로 나눠버렸습니다."

"어리석기는! 한 사람이 안과 밖으로 나뉜다고?"
운문선사는 이 말에 허망한 신심의 세계가 갑자기 깨져 큰 깨달음을 얻었다.

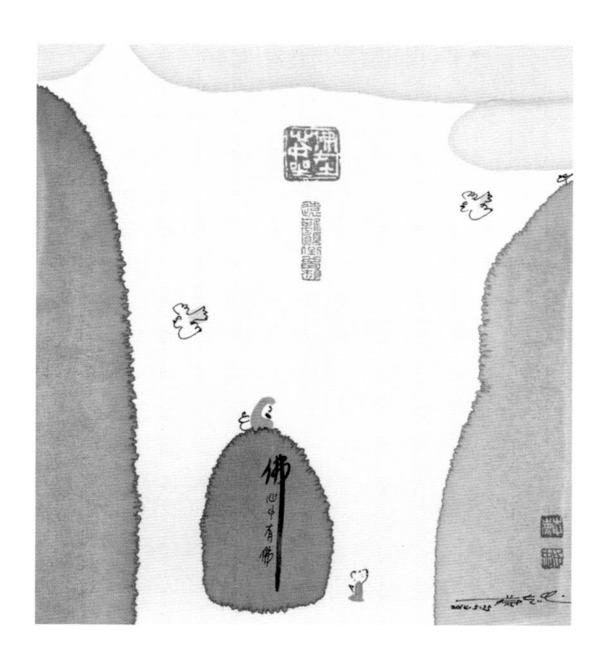

새 병을 만들기 위해서는 먼저 오래된 물을 버려야 한다

제자가 공공존자에게 물었다.

"사람은 어떻게 스스로를 정화해야 합니까?"

공공존자가 답했다.

"먼저 사람의 마음을 가리고 있는 원인을 뽑아내야 한다. 묵은 습속, 파벌, 편견, 적의, 기쁨과 노여움, 속박, 욕망을 모조리 버려야 한다. 마치 목욕을 하듯 더러운 때를 말끔히 씻어내는 것이다."

제자가 말했다.

"어떻게 스스로의 관념을 바꾸는지요?"

공공존자가 답했다.

"이미 갖고 있는 관념을 없애는 게 우선이다."

마음속 낙엽

정주선사와 사미가 정원을 걷는데 갑자기 한 줄기 바람이 일어 나무에서 낙엽이 우수수 떨어졌다. 선사는 허리를 굽혀 낙엽을 하나하나 주워 주머니에 넣었다. 옆에 있던 사미가 말했다.

"선사님, 그걸 왜 주우세요. 내일 아침에 일어나자마자 우리가 다 쓸 겁니다."

정주선사가 말했다.

"내가 하나라도 주우면 이 땅이 그만큼 깨끗해질 것이 아니냐!"

사미가 다시 말했다.

"선사님, 낙엽이 저렇게 많은데요. 앞에서 주워봤자 뒤에서 또 떨어지는데 어떻게 그걸 다 주우시려고요?"

정주선사가 낙엽을 계속 주우면서 말했다.

"낙엽은 땅에만 있는 게 아니라 우리 마음속에도 있다. 내 마음속 낙엽을 하나하나 줍다 보면 언젠가는 다 주울 날이 오겠지."

이 말을 들은 사미는 선자의 삶이 어떤 것인지 이해하게 되었다.

되돌려준 선물

한 선사가 여행 중에 자기를 싫어하는 사람을 한 명 만났다. 그 사람은 길을 가면서 별의별 방법으로 선사를 욕하고 멸시했다.

결국 선사가 몸을 돌려 그에게 물었다.

"어떤 사람이 당신에게 선물을 주었는데 당신이 거절했다 칩시다. 그럼 이 선물은 누구 것이 됩니까?"

그가 답했다.

"원래 선물을 준 사람 것 아니겠소."

선사가 웃으며 말했다.

"맞습니다. 내가 당신의 욕을 받아들이지 않았으니, 당신은 스스로에게 욕을 한 것이오."

2014. 5. 4

즐거움을 선택하다

백 살이 넘은 한 노인이 하루하루를 아주 즐겁게 살고 있었다.
어떤 사람이 궁금한 듯 물었다.
"어르신! 어르신은 왜 매일 이렇게 즐거우세요?"
노인이 답했다.
"매일 일어날 때마다 선택할 수 있는 두 가지가 있기 때문이네. 하나는 즐거움, 하나는 즐겁지 않음이지. 나는 매일 즐거움을 택한다네. 좋은 일을 만나든 나쁜 일이 생기든 나는 항상 즐겁게 하루를 보낸다네."
세상은 세상일 뿐이며 변화는 영원히 멈추지 않는다. 자신의 쾌락과 고통을 결정하는 것은 우리 스스로이며, 천당과 지옥을 선택하는 것도 우리 스스로의 마음이다.

佛
2014.6.1

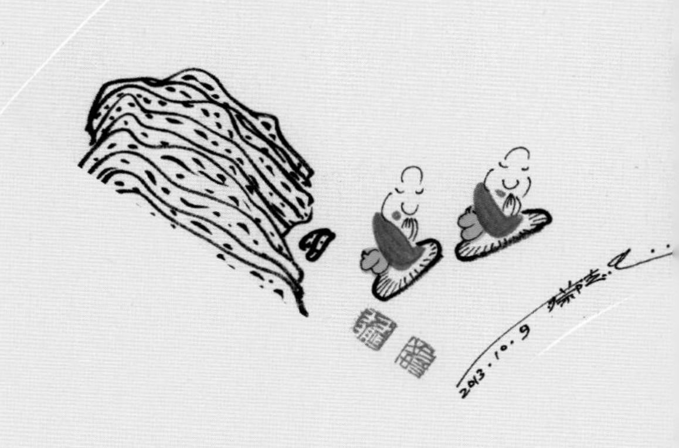

"매일 일어날 때마다
선택할 수 있는
두 가지가 있기 때문이네.
하나는 즐거움,
하나는 즐겁지 않음이지.

나는 매일
즐거움을 택한다네.
좋은 일을 만나든 나쁜 일이 생기든
나는 항상 즐겁게 하루를 보낸다네."

마음이 조급한 사람

한 학승이 반규선사에게 도에 대해 물었다.
"저는 선천적인 문제가 하나 있습니다. 거칠고 마음이 급한 것입니다. 그래서 사부님께 꾸지람도 많이 듣고 저 역시 고치려고 노력해봤지만, 이미 나쁜 습관이 돼버려 고칠 방법이 없습니다. 선사님, 저의 이 버릇을 고칠 방법이 있을까요?"
반규선사가 매우 진지하게 답해주었다.
"너의 그 급한 버릇을 한 번 보여주면 내가 고쳐주겠다."
학승이 말했다.
"지금은 마음이 급해지지 않습니다. 하지만 갑자기 급한 마음이 치밀어 오를 때가 있습니다."
반규선사는 조용히 웃으며 말했다.
"네 그 급한 마음은 있다가도 없고 나쁜 습성도 아니고 천성은 더욱 아니다. 상황에 따라 불쑥 생겨나는 것뿐이다. 그것이 부모님에게서 왔다고 하는 건 너의 불효이다. 부모님이 네게 낳아주신 건 불심(佛心)일 뿐 다른 건 없다."

佛
2014. 6. 1

언어를 벗어난 마음

보통선사가 석두희천선사를 처음 뵈었을 때 석두희천선사가 물었다.
“어떤 것이 그대의 마음인가?”
보통이 답했다.
“지금 말하고 있는 이것이 바로 제 마음입니다!”
석두선사가 그렇지 않다는 듯 말했다.
“언어가 있으면 곧 망심(妄心)이네. 이건 그대의 진심이 아니네.”
그래서 보통은 밤낮으로 생각했다.
“무엇이 자기 자신의 진심인가?”
열흘 후 보통선사가 돌아와 다시 가르침을 청했다.
“지난번에는 제가 옳지 않은 답을 했습니다. 이제 무엇이 제 마음인지 알게 되었습니다.”
석두선사가 물었다.
“무엇이 그대의 마음인가?”
보통이 답했다.

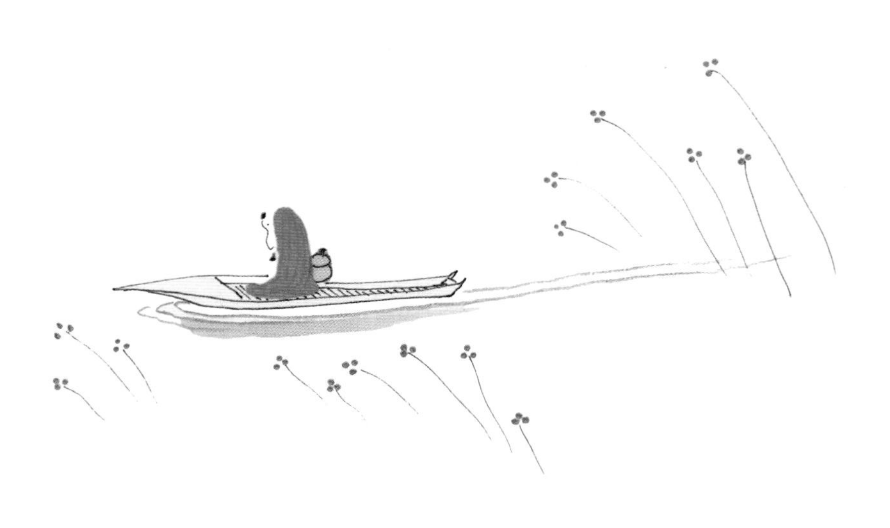

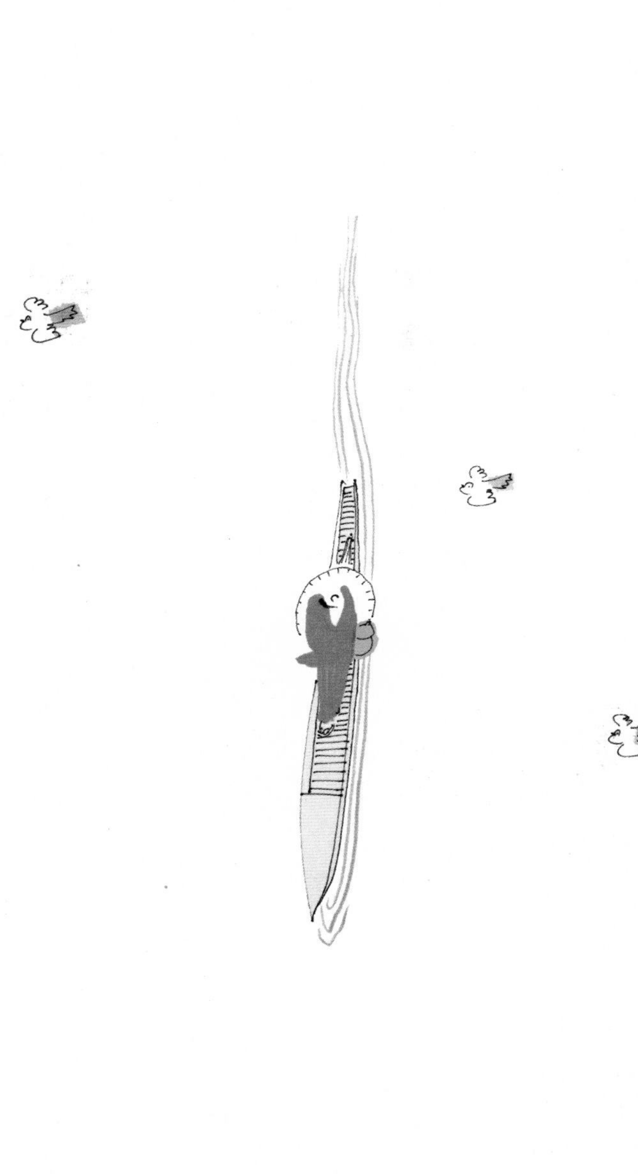

"눈썹을 번뜩이고 눈을 깜박이는 것입니다."

석두선사가 계속 물었다.

"눈썹을 번뜩이고 눈을 깜박이는 건 제하고 마음을 가져오게."

보통이 말했다.

"그럼 저는 가져올 마음이 없습니다!"

석두선사가 말했다.

"만물은 원래 마음이 있는데, 만약 마음이 없다고 말하면 비방하는 것과 같네. 보고 듣고 느끼고 아는 것이 물론 망심이긴 하지만 마음을 쓰지 않고 어떻게 깨달음에 들 수 있겠는가?"

보통선사는 즉시 깨달음을 얻었다.

거울처럼 마음을 쓰다

어떻게 우리의 마음을 굴복시켜, 그것이 의미 없는 망상과 망념을 낳지 않도록 할 것인가?
가장 좋은 방법은,
우리의 마음이 거울을 배우도록 하는 것이다.
거울은 수도 없이 무한하게 비출 수 있으면서도 깨지지도 망가지지도 않는다.
거울은 과거도 미래도 생각하지 않고,
현재만을 영원히 비춘다.
우리의 마음 역시 거울의 경지에 이를 수 있다.

마음속 강렬한 초점이 바로 마음을 집중하는 곳

학승이 선사에게 물었다.

"오조(五祖)께서는 마음을 한 곳으로 집중하면 하지 못할 것이 없다고 말씀하셨습니다. 어떻게 마음을 한 곳으로 집중하는지요?"

선사가 말했다.

"네가 마음을 집중하는 곳에 이르면 된다."

학승이 물었다.

"마음을 집중하는 곳은 어디입니까?"

선사가 말했다.

"마음속의 강렬한 초점을 찾아라. 거기가 바로 마음을 집중하는 곳이야! 내심에 마음을 집중하는 곳이 없다면 밖으로도 마음을 집중할 곳이 없게 된다."

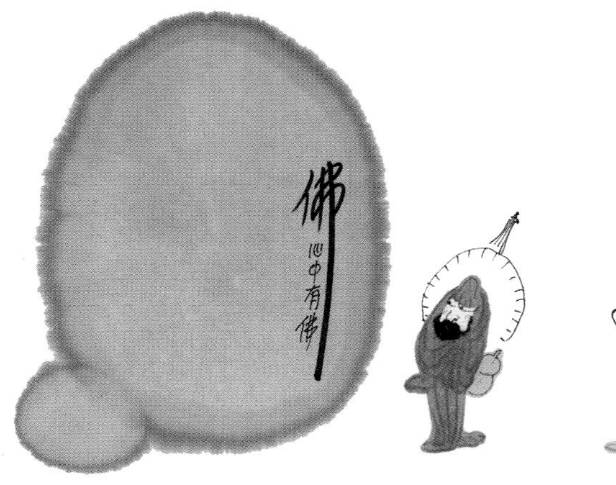
佛
心中有佛
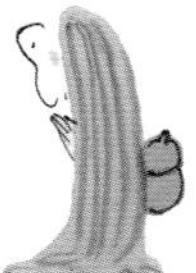

2-1=3

한 노동자가 일을 하던 중 다리가 하나 잘려나갔다. 하지만 그는 항상 웃는 얼굴을 하며 평소처럼 일하고 조금도 슬퍼하지 않았다.
어떤 사람이 물었다.
"다리가 하나밖에 남지 않았는데 어떻게 항상 웃을 수 있죠?"
그는 양쪽의 목발을 꽉 붙잡고 대답했다.
"누가 제 다리가 하나뿐이라고 하나요? 예전에 저는 두 다리밖에 없었지만, 그중 하나가 잘려나간 지금은 다리가 세 개가 되었어요."

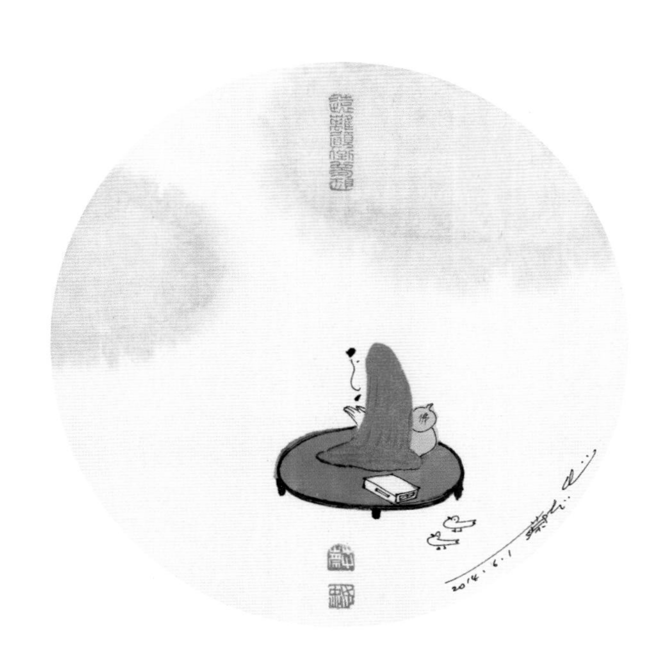

佛

노파심

임제의현선사가 황벽선사에게 배우면서 한 번도 묻지 않다가, 나중에 목주(睦州)가 부추겨 황벽에게 가르침을 청했다.

"조사께서 서쪽에서 오신 뜻은 무엇입니까?"

세 번이나 이렇게 물었으나 그때마다 황벽선사에게 매를 맞았다. 임제는 도무지 이해할 수 없어 황벽선사를 떠나 하산했다.

임제가 강서(江西)로 가서 대우선사를 뵙자 대우선사가 물었다.

"네 스승 황벽선사가 근래에 무슨 가르침을 주었느냐?"

임제가 말했다.

"세 번이나 가르침을 청했는데 그때마다 매만 맞았습니다. 제가 무슨 잘못을 했는지 모르겠습니다."

대우선사가 크게 웃으며 말했다.

"황벽아! 너는 노파심으로 제자의 의혹을 풀어주려 했는데, 제자는 오히려 여기 와서 무슨 잘못을 했는지 묻고 있구나."

임제는 이 말을 들은 후 홀연 깨달음을 얻고 말했다.

"황벽선사님의 불법이 그렇게 단순한 게 아니었군요."

대우선사는 임제선사를 잡고 말했다.

"방금 전에 너는 도무지 이해할 수 없다고 하고서 지금은 황벽의 불법이 그렇게 단순하지 않다고 말했다. 너는 대체 무엇을 본 것이냐? 어서 말해 보거라! 어서!"

임제선사는 답을 하지 않고 대우선사의 갈빗대 아래를 주먹으로 세 번 쳤다. 대우선사는 맞받아치지 않고 자비로운 미소를 지으며 말했다.

"왔다갔다만 하면 언제 공부를 마치겠느냐!"

임제선사가 말했다.

"오직 간절한 노파심 때문입니다."

임제는 황벽선사의 거처로 돌아와 대우선사와 함께 있었던 일에 대해 알려주었다.

황벽선사가 말했다.

"노인네가 참 쓸데없는 짓을 했네. 여기 오면 한 대 때려줘야겠어."

임제선사가 바로 답했다.

"뭘 더 기다리십니까? 때리려면 지금 바로 때려야죠."

이렇게 말하고 주먹으로 황벽선사를 먼저 한 대 때렸다.

황벽선사가 크게 웃으며 말했다.

"네가 바로 나의 은혜를 갚을 줄 아는구나."

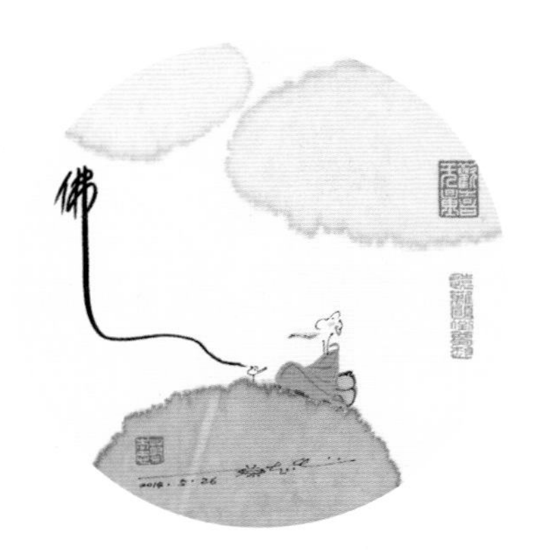

마음속으로 땔감을 지다

석두희천선사가 새로 온 학승에게 물었다.

"어디서 왔느냐?"

학승이 답했다.

"강서(江西)에서 왔습니다."

희천선사가 말했다.

"그럼 마조도일선사를 만나봤겠구나?"

학승이 답했다.

"뵌 적이 있습니다."

희천선사는 손가락으로 땔감 더미를 가리키며 물었다.

"마조도일선사는 땔감 더미 같지 않더냐?"

학승이 아무 대답도 못 하고, 다시 강서의 마조도일선사를 뵙고서 이 일을 알려주었다.

마조도일선사가 학승에게 물었다.

"그 땔감 더미가 얼마나 무거울 것 같더냐?"

학승이 답했다.

"자세히 헤아려보진 않았습니다."

"넌 힘이 좋구나."

"무슨 말씀이신지요?"

"남악(南嶽)에서 큰 땔감 더미를 지고 강서로 돌아왔으니, 이 어찌 힘이 센 것이 아니겠느냐?"

견디기 힘든 시험

한 장군이 대혜과선사에게 말했다.

"선사님, 제 나쁜 습관을 고치면 꼭 선사님을 따라 수행하겠습니다."

대혜과선사가 말했다.

"모두 인연에 맡겨야지요!"

하루는 장군이 자신의 나쁜 점을 모두 고쳤다고 생각하고 바로 대혜과선사를 찾아갔다.

장군이 말했다.

"나쁜 습관을 모두 없애고 마음까지 텅 비었으니 이제 선사님을 따라 수행할 수 있습니다."

대혜과선사가 말했다.

"왜 이렇게 일찍 일어나셨소? 부인이 다른 남자와 자기라도 했소?"

장군이 이 말을 듣자마자 대노하며 욕했다.

"이런 늙은 중놈이 헛소리를 지껄여대는구나!"

대혜과선사가 말했다.

"마음까지 비웠다 하지 않았습니까? 저를 따라 수행하려면 아직 몇 년은 더 있어야겠습니다!"

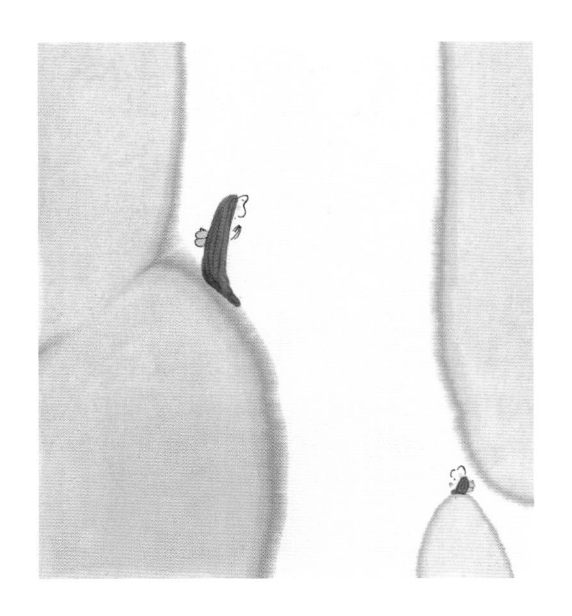

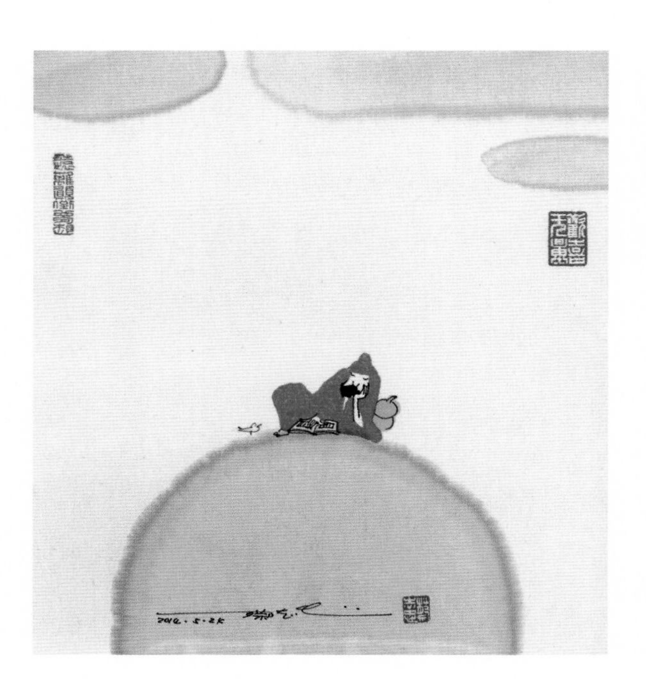

동물을 스승으로 삼다

공공존자가 고명한 무위대사를 뵈러 갔을 때 무위대사는 조용히 앉아 미동도 하지 않았다.

공공존자가 무위대사에게 물었다.

"대사께서는 어디서 이런 고요함을 배우셨는지요?"

"고양이에게서 배웠습니다."

무위대사가 답했다.

"쥐구멍 앞을 지키고 있는 고양이가 저보다 백 배는 고요했어요."

평상심이 도이다

유원율사(有源律師)가 대주혜해선사에게 물었다.

"스님도 수도를 열심히 합니까?"

대주혜해가 답했다.

"열심히 합니다."

"어떻게 열심히 하는지요?"

"배고프면 먹고, 졸리면 잡니다."

"다들 그렇지 않습니까? 당신과 다를 게 있습니까?"

"다릅니다."

"어떻게 다른가요?"

대주혜해가 답했다.

"보통 사람들은 밥을 먹을 때 밥은 먹으려 하지 않으면서 온갖 것을 요구하고, 잠잘 때는 잠을 자려 하지 않으면서 온갖 것을 따집니다."

깨달은 자는 보아도 보지 않은 듯, 들어도 듣지 않은 듯, 말해도 말하지 않은 듯하며, 배고프면 밥을 먹고 졸리면 잠을 청한다.

번뇌를 제거하지 못함

한 번은 조주종임선사가 선화(禪話) 한 마디를 언급했다.
"부처가 번뇌이고, 번뇌가 부처이다."
그 뜻을 이해하지 못한 학승들이 조주종임선사에게 해석을 부탁했다.
학승들이 물었다.
"부처께서는 누구를 위해 번뇌하십니까?"
조주종임선사가 답했다.
"일체의 중생을 위해 번뇌하신다!"
학승들이 다시 물었다.
"번뇌는 어떻게 없애는지요?"
조주종임선사가 말했다.
"번뇌를 없애서 뭐하느냐?"
번뇌는 곧 보리(菩提)이고, 번뇌는 곧 증상연(增上緣)이다. 수행자는 번뇌에 몸을 두어 진리를 얻는다. 부처가 번뇌이고, 번뇌가 부처이다. 번뇌는 수도와 성불의 연기(緣起)이며, 부처는 번뇌로 말미암아 태어난다.

"번뇌는
어떻게 없애는지요?"
"번뇌를
없애서 뭐하느냐?"

위앙潙仰의 문풍

영우선사가 백장에게서 수학할 때였다.

하루는 백장이 그에게 말했다.

"화로에 불이 있는지 좀 뒤적여 보거라."

영우가 한 차례 뒤적거리더니 말했다.

"불이 없는데요."

백정이 자리에서 내려와 직접 뒤적여 보고는 깊은 곳에서 작은 불티를 하나 발견했다.

백장이 말했다.

"이건 불이 아니더냐?"

영우가 이에 큰 깨달음을 얻었다.

佛

무도無道의 마음

행각승 문도(文道)가 산을 넘고 강을 건너 혜훈선사의 동굴 앞까지 왔다. 문도가 혜훈선사에게 말했다.

"소인 문도가 평소 높으신 풍모를 흠모하여 선사님을 모시고자 이렇게 왔습니다. 자비를 베푸시어 만나주시길 바라옵니다."

날이 이미 어두워진 터라 혜훈선사가 말했다.

"날이 저물었으니 여기서 하룻밤 묵게!"

다음날 문도가 눈을 떴을 때 혜훈선사는 진작 일어나 죽을 끓여 놓고 있었다. 동굴에 남는 그릇이 없었으므로 혜훈선사는 동굴 밖에서 해골을 가져와 죽을 담아 주었다. 문도는 주저하며 어떻게 할 줄 몰랐다.

혜훈선사가 말했다.

"자네는 도심도 없는 데다 진정으로 불법을 위해 온 것 같지 않네. 깨끗함과 더러움, 증오와 사랑으로 사물을 접하니 어찌 도를 얻을 수 있겠나?

2014.6.30

자기 자신에게 집착하지 말 것

물이 높은 산에서 폭포로 떨어져 급류를 지나 오아시스까지 갔으나 사막을 지나가진 못했다. 물이 다시 한 번 폭포로 떨어져 급류를 지나 오아시스까지 갔으나 역시 사막을 지나진 못했다.

물이 사막 앞에서 울면서 말했다.

"사막은 물의 숙명이니, 물은 영원히 사막을 지나갈 수 없어."

이때 바람이 물에게 말했다.

"네가 물만 되라는 법은 없어. 너는 수증기가 되어 하늘로 올라가 구름이 될 수도 있잖아. 그런 다음 내 도움으로 사막을 지나가면 너는 비가 되어 땅에 떨어질 수 있지. 이게 바로 사막을 넘어가는 것 아닐까?"

'나'에게만 집착하면 우리는 다른 상황에 맞설 수가 없다. 물이 스스로를 물이라고 여기면 사막을 건너갈 수 없다. 물은 수증기로 변할 수 있고, 구름과 비가 될 수도 있다. 서로 다른 상황에 따라 변할 수 있다면 사막은 더 이상 장애물이 아니게 된다.

'나'는 과거에서 왔고 미래에도 나는 나라고 고집하면 현재가 넘어설 수 없는 장애물이 되기 마련이다. 물이 스스로를 물로만 생각하는 것처럼.

물이 스스로 물이라는 것을 고집하지 않으면, 수시로 얼음이 될 수도 있고 구름이 될 수도 있고 수증기가 될 수도 있고 비가 될 수도 있다. 고정된 자기가 없음으로써 오히려 불가능한 것이 사라져 순조롭게 상황에 대처할 수 있다.

마음은 진리의 신전

어떤 사람이 간절히 진리를 찾고자 했으나 그 종적을 발견할 수 없었다.
진리는 전당에 있지 않고
신전에 있지 않고
성스러운 경전에 있지 않고
초원에 있지 않고
높은 산에 있지 않고
숲속에 있지 않고
시장에 있지도 않았다.
그는 자신의 마음속을 살펴보고
진리가 마음속에 있음을 알게 되었다.
"아! 진리는 다른 곳에 숨어 있는 것이 아니라,
사람들 각자의 마음이 곧 진리의 전당이었구나."

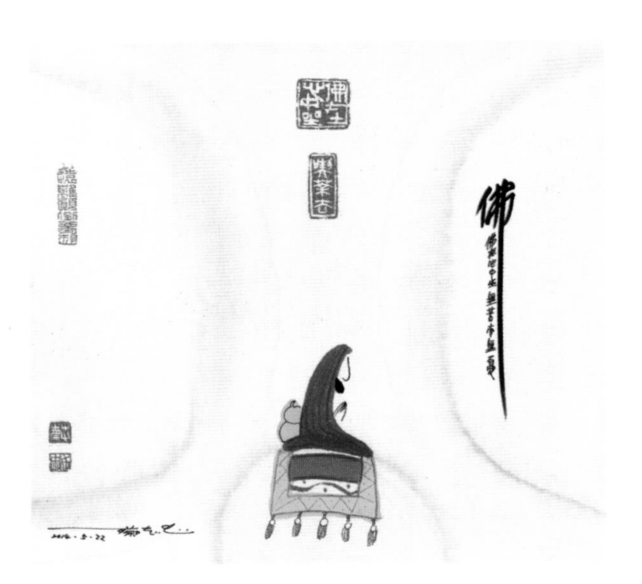
佛

2

선에 다가가기

선이란 무엇인가?

선, 가장 위대한 하늘의 계시
사람의 일생에서 가장 중요한 깨달음!
선, 생명의 본질을 온전히 깨우쳐주는 삶의 태도!
우리는 생명의 본질을 샅샅이 알게 되고,

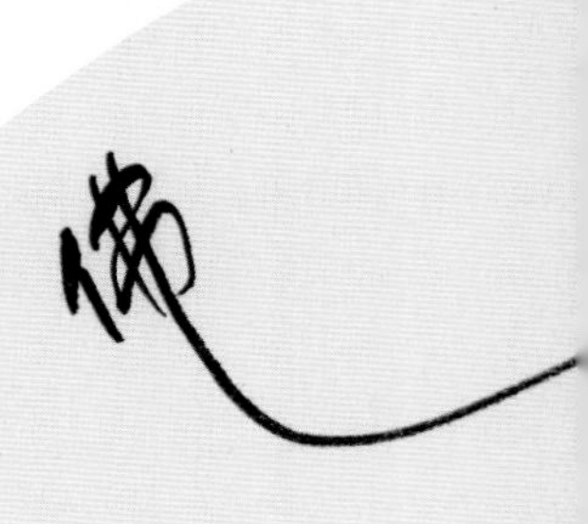

유한한 인생의 시간과 공간 속에서,

내가 무엇을 해야 하는지,

어떻게 해야 하는지,

어떤 방향으로 가야 하는지,

더욱 분명히 알 수 있다.

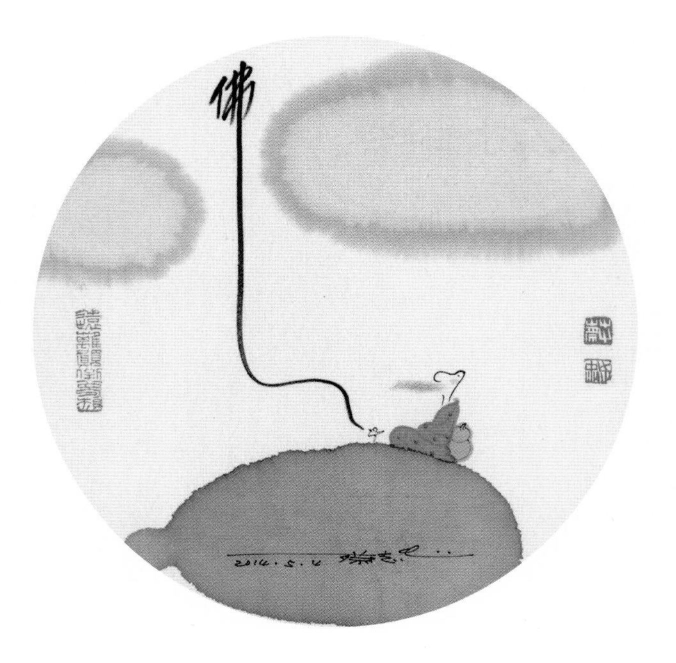
佛
2014.5.4

깨달은 후에는
무엇을 얻을 수 있을까?

예로부터 수많은 사람이 고향과 가족을 떠나 불문(佛門)
으로 들어가 참선에 임했다.
그들은 무엇을 위해 그토록 많은 시간과 노력을 들여 탐
구하고 파고들었을까?
도를 깨달은 후에는 무엇을 얻을 수 있을까?
만약 우리가 이런 물음을 가지고 생명의 실상을 깨달은
선사에게 묻는다면,
그들은 보통 이렇게 답할 것이다.
"무(無)!"
선을 배움은 사람에게 무언가를 얻게 하는 것이 아니라
본래 부족한 것이 없음을 깨닫게 하는 것이다.

백거이가 선을 묻다

항주태수(杭州太守) 백거이가 조소선사에게 물었다.

"하루를 어떻게 수행해야 도에 합당할지요?"

조소선사가 답했다.

"모든 악은 행하지 마시고,

모든 선은 받들어 행하십시오."

백거이가 말했다.

"그건 세 살배기 아이도 압니다."

조소선사가 답했다.

"하지만 여든 살 노인도 하지 못하는 것이지요."

佛
2018 . 5 . 23

한 잔의 차와 선의 길

어느 학자가 남은선사에게 선에 대해 묻자, 남은선사가 그에게 차를 대접했다.
선사는 차를 잔에 따랐는데 차가 가득 찼는데도 계속 따랐다.
"선사님! 차가 이미 잔에 꽉 찼습니다. 더 따르지 않아도 됩니다."
학자가 급히 말했다.
"당신은 이 찻잔과 같아서 그 속이 이미 당신 자신의 견해로 꽉 차 있습니다. 먼저 자신의 잔을 완전히 비우지 않고서 어떻게 제게 선에 대해 말해 달라고 하십니까?"
남은선사가 답했다.

佛
獨坐大雄峰

세 가지 악과 네 가지 선

선사가 제자에게 말했다.
"인생에는 파괴성을 지닌 세 가지가 있다. 분노, 탐욕, 자만이다."
제자가 말했다.
"그럼 어떻게 해야 할까요?"
선사가 말했다.
"파괴성을 창조성으로 바꿔줄 네 가지 경지가 필요하다."
제자가 물었다.
"어떤 네 가지 경지인지요?"
선사가 답했다.
"무아, 자비, 지혜, 진리이다. 스스로를 다른 사람으로 여기는 것이 '무아'이고, 다른 사람을 자기처럼 여기는 것이 '자비'이고, 다른 사람을 다른 사람으로 여기는 것이 '지혜'이고, 자기를 자기로 여기는 것이 '진리'이다. 무아, 자비, 지혜, 진리에 이를 수 있을 때가 곧 괴로움이 없는 고요의 피안(彼岸)에 다다르는 때이다."

묵은 것을 제거하다

어떤 사람이 공공존자에게 물었다.

"어떻게 수행하면 선자(禪者)가 될 수 있습니까?"

공공존자가 답했다.

"당신의 머릿속에 있는 것들, 당신이 생각해왔던 진리, 선입견, 당신이 갖고 있는 갖가지 제약들을 먼저 없애야 합니다."

"그런 다음에는?"

"이것들이 다시는 살아나지 않도록 한 다음에 당신에게 생기는 일들을 진심으로 대해 보십시오. 당신은 진정한 선자가 될 수 있을 것입니다."

선을 생각하지 않고 악을 생각하지 않다

오조홍인(五祖弘忍)이 전수해 준 가사와 발우를 육조혜능(六祖惠能)이 받자, 이에 불복한 오조홍인의 제자들이 육조혜능을 쫓아가 가사를 빼앗아 오려고 했다. 그러나 길이 너무 멀어서 대부분의 사람은 포기하고 돌아갔는데 혜명(惠明)만은 계속 그를 쫓아갔다. 혜능이 이 모습을 보고 가사와 발우를 돌려주었다.

혜명이 말했다.

"제가 이렇게 멀리까지 쫓아온 것은 선법을 전수받기 위함이지 가사와 발우 때문이 아닙니다."

혜능이 말했다.

"기왕 선법을 위해 왔다면 당장 모든 인연을 끊고 어떤 생각도 들지 않도록 해야 한다. 그런 다음에야 나는 네게 말을 해줄 것이다."

얼마 후 혜능이 혜명에게 물었다.

"선을 생각하지 않고 악을 생각하지 않는다면, 이때 너의 본모습은 무엇이냐?"
혜명은 이 말을 듣고 즉시 깨달음을 얻었다.

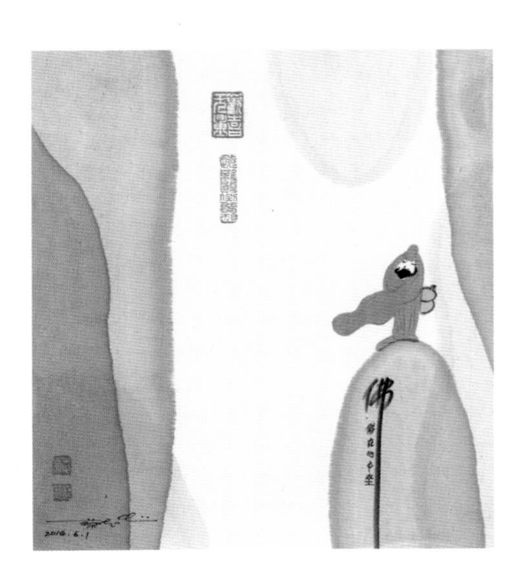

선자禪者에게는 분별의 마음이 없다

하나의 국경선이 두 나라를 나눈다.
찰나의 순간이 과거와 미래를 나눈다.
사거리 하나가 네 마을을 나눈다.

깨달음을 얻은 선자는 좋고 나쁨, 선과 악, 낮과 밤, 추위와 더위, 나와 너의 구분 없이, 무아의 상태로 어떤 시간과 공간에도 녹아 들어가, 과거에도 존재하지 않고, 미래에도 존재하지 않고, 텅 비어있는 그 사이를 밟고서 하나하나의 현재를 마음껏 살아간다.

진리는 순결하고 단순하다

선학을 공부하는 한 학자에게 선사가 말했다.
"지식은 잡다할 수 있지만 지혜는 그렇지 않습니다. 지식을 잡다하게 만드는 이가 학자입니다."
"무슨 말씀이신지?"
"학자는 단순한 일을 잡다하게 만들기를 좋아하고, 선자는 잡다한 일을 단순한 진리로 만드는 것을 잘합니다."

佛

"학자는 단순한 일을
잡다하게 만들기를 좋아하고,
선자는

잡다한 일을
단순한 진리로

만드는 것을 잘합니다."

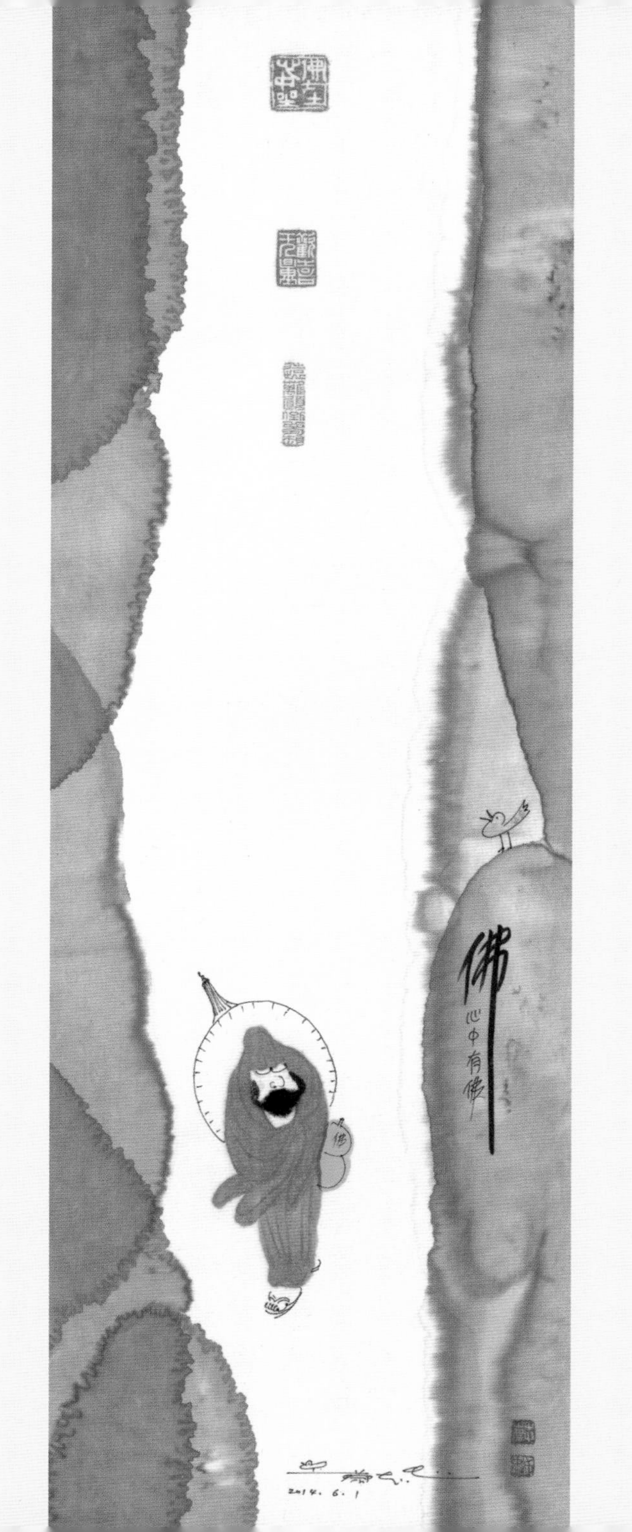
佛
心中有佛
2014. 6. 1

자신이 선하다고 남에게 과시하지 말 것

한 해적이 성인 앞에 와서 무릎을 꿇고 통곡했다.

"저는 용서받지 못할 큰 죄를 저질렀습니다."

"나도 그렇다."

성인이 답했다.

"저는 오만 악행을 저질렀습니다."

"나도 그렇다."

"저는 무수한 사람을 죽였습니다."

"나도 그렇다."

해적이 갑자기 크게 웃으며 저 멀리까지 미친 듯 뛰어가더니 고개를 돌려 성인에게 크게 외쳤다.

"나는 흉악한 칼을 버리고 잘못을 고쳐서 새롭게 태어났구나!"

성인이 큰 소리로 답했다.

"나도 그렇다!"

佛

佛在心中坐 無苦亦無憂

선하지 않은 이를 돕다

한 어린 화상이 손버릇이 좋지 않아 향과 기름 살 돈을 자주 훔쳤다.
하루는 돈을 훔치다가 대사형에게 들켜 선사에게 잡혀가게 되었다.
대사형이 말했다.
"사부님, 이놈이 또 돈을 훔쳤습니다. 엄한 벌을 내리셔야 합니다."
선사가 말했다.
"용서해 주어라."
대사형이 말했다.
"주위에 해를 끼치는 이놈을 당장 쫓아내야 합니다. 아니면 우리가 여기를 떠날 것입니다."
선사가 말했다.

"내가 반드시 결정을 해야 한다면 그를 남겨두는 것으로 택하겠다. 너희들은 진작 시비를 알았지만 저 아이는 아직도 시비를 구분하지 못한다. 우리가 그를 돕지 않으면 누가 그를 돕겠느냐?"

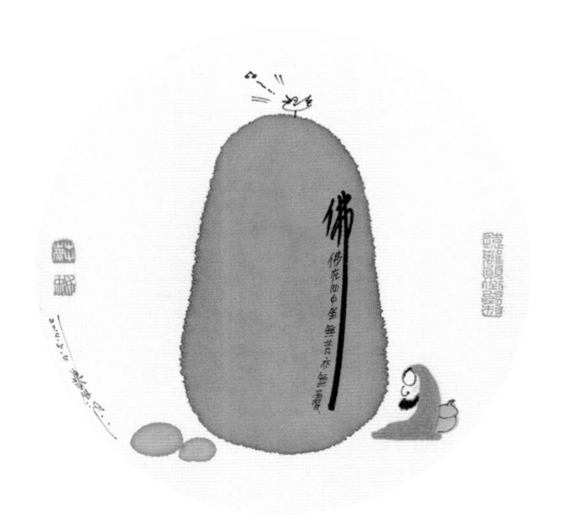

스승이야말로 더욱 조심해야 한다

명성이 자자한 어느 스승이 제자들을 데리고 숲속을 지나가다가 이제 막 늪을 건너려는 독각(獨覺)의 수행자를 보았다.

명성이 자자한 스승이 그에게 소리쳤다.

"조심하시오! 늪에 발을 잘못 디디면 쑥 빠져버립니다."

독각의 수행자가 고개를 돌려 선사에게 말했다.

"허허! 당신이야말로 조심하십시오. 제가 발을 잘못 디디면 늪에 빠지는 사람은 저 혼자입니다. 그러나 당신이 잘못하면 당신의 제자 모두가 늪에 빠져버립니다."

수행자 역시 과오의 틈에 빠지기 마련이다. 독각의 수행자는 한 사람의 잘못을 한 사람이 부담하지만, 명성이 자자한 스승이 잘못을 저지르면 그를 따르는 제자들까지 해가 미친다.

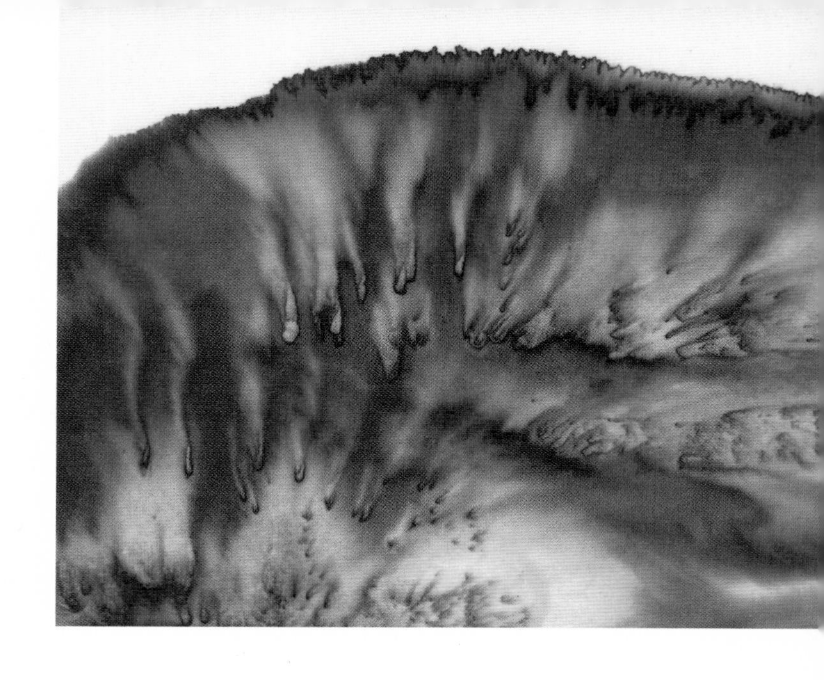

뛰어난 스승은 쓸모가 없어진 배

공공존자가 속세에서 설법을 할 때마다 수천 명의 신도가 들으러 왔다.

공공존자가 신도들에게 심각하게 말했다.

"저는 더 이상 스승이 될 자격이 없습니다."

신도들이 일제히 물었다.

"왜입니까?"

공공존자가 말했다.

“스승의 역할은 원래 제자들이 진리에 가까이 가도록 도와주는 것이지요. 사람들이 물을 건널 수 있게 해주는 배가 우상이 돼버리면 더 이상 스승이 될 자격이 없습니다. 저에게 절하고 저한테 가까이 오느라 여러분은 아무 곳에도 가지 못하게 되었습니다.”

목적은 같아도
가르치는 법은 다르다

어떤 사람이 선사에게 물었다.

"당신은 젊은 학생들에게는 낮은 소리로 부드럽게 말하면서 왜 나이든 학생은 호되게 대합니까?"

선사가 답했다.

"연한 가지는 똑바로 펴기 쉽지만, 마른 가지는 뜨거운 불로 지져야 곧게 펼 수 있다오."

佛
2014.5.4

진정한 자기가 되는 길

한 젊은이가 무위대사에게 물었다.
"어떻게 스스로를 완성해야 합니까?"
무위대사가 답했다.
"한 인간으로서 네가 될 수 있는 모습이 되어야 한다. 네가 영원히 이룰 수 없는 이상을 추구해서는 안 되지. 그렇지 않으면 너는 이상의 빈껍데기 속에 위축된 자신 없는 존재밖에 안 될 테니까."

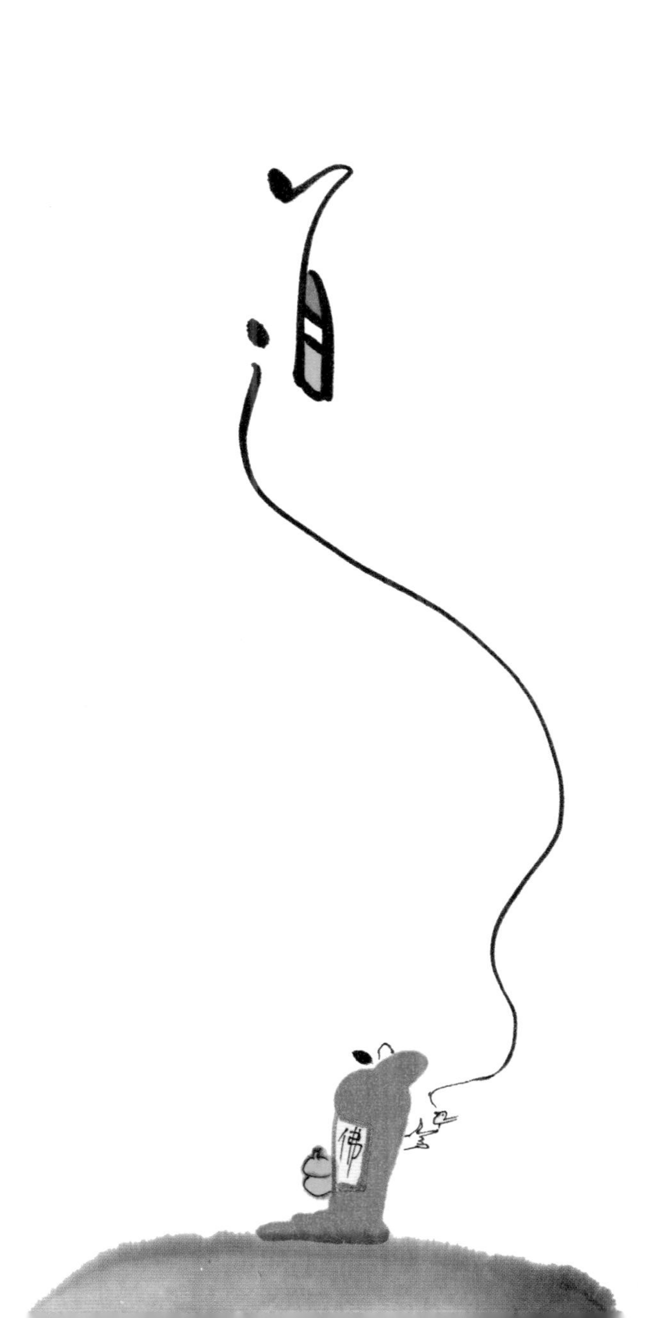
佛

자신의 길을 선택할 것

부처가 말했다.

"피안으로 가는 길과 속세로 가는 길은 같다. 단지 방향만 다를 뿐."

누구든 자신의 길이 있으며, 모든 길에는 자신의 서로 다른 모습이 담겨 있다.

천당과 지옥은 같은 길이며, 유일한 차이는 길의 방향일 뿐이다.

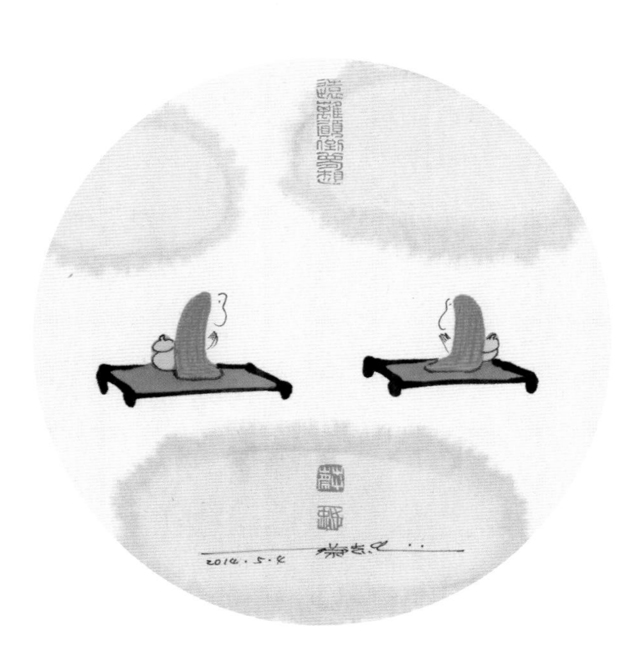

佛

사람은 자신을 잘 이해하지 않으면 안 된다

스타킹은 확실히 좋은 물건이지만,
얼룩말은 그것을 좋아하지 않을 수 있다.
사람은 자신이 좋아하고 싫어하는 것을 잘 알아야지,
타인에게 휩쓸려 유행을 좇아서는 안 된다.
누구도 자기 자신보다 자기를 잘 알 수는 없다.
만약 당신이 당신 스스로를 인식하지 못하면,
누가 당신을 인식하겠는가?
만약 당신이 당신 스스로를 잘 알지 못하면,
누가 당신을 알아주겠는가?

자아가 무슨 소용인가?

현사사비선사가 말했다.

"우리는 온몸이 바다에 빠졌으면서 손을 뻗어 사람들에게 물을 달라고 하는 것과 같다!"

한 승려가 현사사비선사에게 물었다.

"자아란 무엇입니까?"

현사사비선사가 답했다.

"당신은 자아가 무엇을 하길 바라시오?"

'자아'는 수행의 가장 큰 장애물이다.

'무아'여야 비로소 산천과 대지 속으로 녹아들 수 있다.

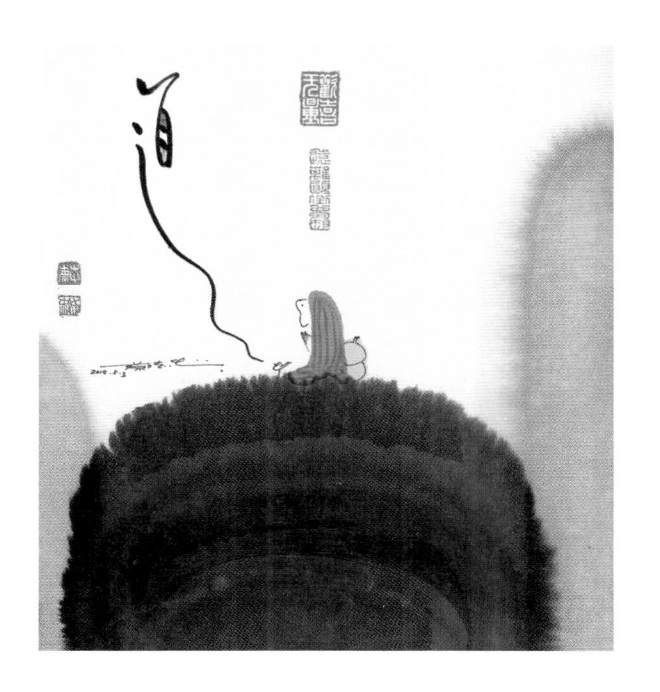
道

불법은 실천을 위한 것

인도에서 중국으로 온 기역(耆域)이 낙양(洛陽)에서 여러 해를 머물렀다. 어느 해 낙양에서 전란이 일어나자 기역은 낙양을 떠나 인도로 돌아왔다.

축법행(竺法行)이라는 유명한 고승이 있었는데, 사람들은 그를 낙령(樂令)과 견줄 만하다고 했다.

축법행이 기역에게 말했다.

"대사는 도를 깨우친 고승이시니 제가 영원히 가르침으로 삼을 만한 말씀을 한마디 부탁드립니다."

기역이 말했다.

"사람들을 모두 불러 모아 주십시오."

사람들이 모이자 기역이 단상에 올라 설법을 시작했다.

"입을 지키고 몸과 생각을 거두며, 신중하게 여러 노여움을 범하지 말라. 일체의 선을 수행할지니, 이와 같이 하면 도를 얻을 것이다."

축법행이 말했다.

"아직 들어보지 못한 말씀을 해주시길 바랍니다. 방금 대사께서 말씀하신 게송은 여덟 살짜리 꼬마도 외울 수 있습니다. 이건 우리처럼 득도한 사람이 바라는 바가 아니지 않습니까!"

기역이 웃으며 말했다.

"여덟 살짜리 꼬마도 외우는 것을 백 살이 되도록 실천하지 못하니 외우기만 하는 것이 무슨 소용이겠습니까?"

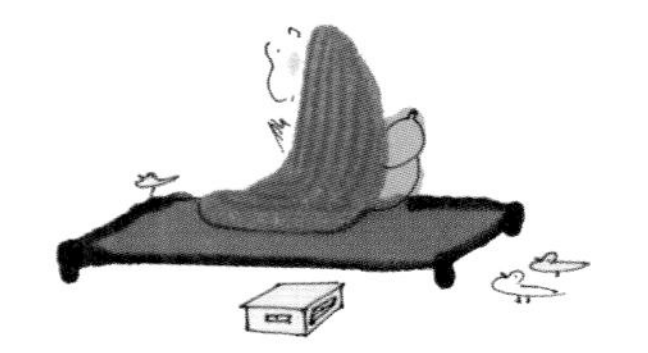

"입을 지키고 몸과 생각을 거두며,
신중하게
여러 노여움을 범하지 말라.

일체의 선을 수행할지니,
이와 같이 하면
도를 얻을 것이다."

경전의 다양한 용도

경전은 지식과 지능을 우리에게 줄 수 있지만,
그저 베개로 쓸 수도 있다.
경전의 신성함은 그 속의 내용에 있지
겉표지에 있지 않다.
매일 경전을 백 번 읽고 외우면서도
경전에 따라 행동하지 않는 것,
이것야말로 경전의 지혜를 짓밟는 것이다.

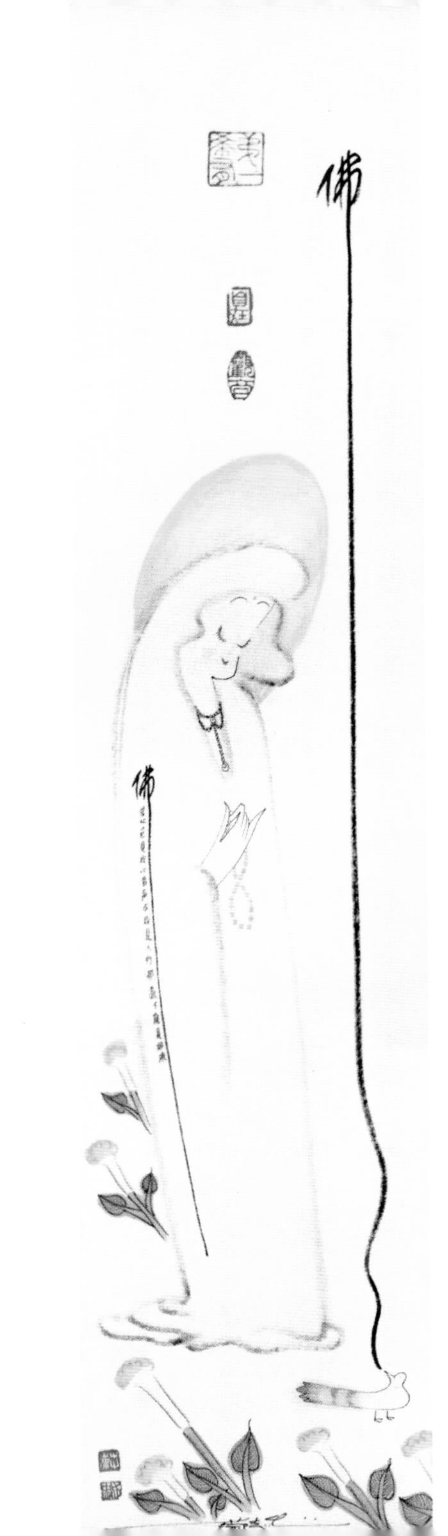

佛
佛
心中有佛

누가 경전을 존경하지 않는가?

무위대사는 항상 두꺼운 경전 한 권을 문을 막는 벽돌 대신 사용했다.
하루는 어떤 근엄한 손님이 찾아와 경전이 땅에 있는 것을 보고 바로 주워들었다.
"책을 원래 자리에 두세요."
"이건 경전에 대한 불경입니다. 지자가 해서는 안 되는 행동입니다."
무위대사가 답했다.
"어느 경전이 어떤 사람에게 쓸모가 있을지 모르면서 다른 누군가에게 유용할 것이라고 생각하는 것이야말로 경전에 대한 불경이지요. 지식의 전달이 반드시 경전을 통할 필요는 없음을 모르는 것이야말로 지식에 대한 불경입니다."

하나와 열

용담숭신선사는 출가 전에 매우 궁핍하여 천황도오선사의 사찰 옆에서 떡을 팔았다.

도오선사는 사찰 안의 작은 방을 내주며 그곳에서 살도록 했다. 숭신은 은혜를 갚고자 매일 떡 열 개를 도오선사에게 바쳤다.

도오선사는 떡을 받은 후 항상 시종을 불러 그중 하나를 숭신에게 돌려주도록 했다.

하루는 숭신이 도오선사에게 물었다.

"떡은 제가 드린 것인데 왜 매일 하나씩 저에게 돌려주시는지요?"

도오선사가 말했다.

"네가 내게 열 개를 주는데, 왜 나는 네게 한 개를 못 돌려준단 말이냐?"

숭신이 말했다.

“제가 열 개를 드릴 수 있는데, 왜 한 개 돌려주는 것에 신경 쓰십니까?”

도오선사가 껄껄 웃었다.

“하나가 너무 적으냐? 나는 열 개도 많다고 생각한 적이 없는데?”

이 말을 들은 숭신은 깨달은 바가 있어 바로 도오선사에게 출가의 뜻을 밝혔다.

도오선사가 말했다.

“하나가 열을 낳고, 열은 백을 낳고, 나아가 천과 만을 낳을 수 있다. 모든 법은 하나에서 생긴다.”

숭신이 말했다.

“하나가 만법을 낳고, 만법은 모두 하나입니다.”

도오선사는 숭신의 머리를 깎아주며 출가를 도왔다. 나중에 숭신은 용담에 움막을 짓고 거주하여 세상에서는 그를 용담숭신선사라 불렀다.

말하지 않음과 들리지 않음

하루는 수보리가 암자에서 좌선을 하는데 선정의 경계에 막 들었을 때 제석천이 하늘에서 내려와 마치 흩날리는 꽃비처럼 그를 칭찬했다.

수보리가 그 이유를 묻자 제석천이 답했다.

"그대가 반야바라밀다를 잘 해석하여 내가 특별히 존경의 뜻을 표하는 것이오!"

수보리가 반문했다.

"아닙니다! 저는 좌선만 했을 뿐 한 글자도 해석하지 않았습니다."

제석천이 다시 말했다.

"맞습니다. 당신은 말하지 않았고

저는 들리지 않았습니다.

이것이 바로 진정한 반야이지요!"

이에 하늘이 돌고 땅이 진동하고 무수한 꽃이

날리며 떨어졌다.

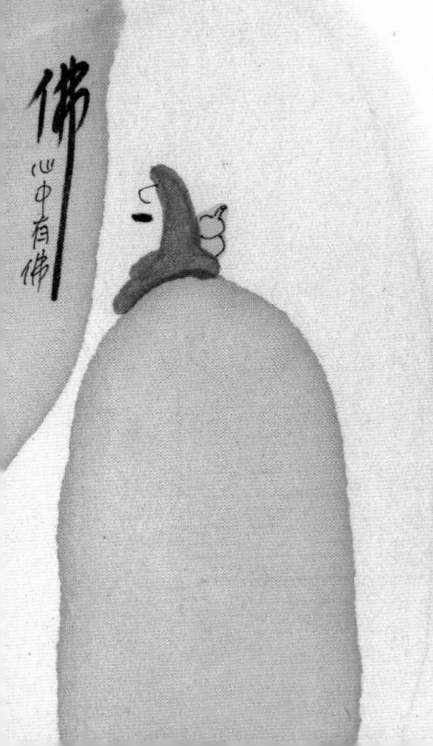

진리는 안에도 밖에도 없다

수페다가타가《폐타경(吠陀經)》을 11년 동안 힘들게 연구하였다.

그는 기뻐하며 아버지에게 말했다.

"하하! 저는 폐타경의 진리를 장악했습니다."

아버지가 말했다.

"너는 진리라는 이름만 배울 뿐 진리를 장악할 수 없다. 가서 반얀나무 열매를 하나 따 오거라."

아버지가 말했다.

"네."

수페다가타는 반얀나무 열매를 하나 따 왔다.

"껍질을 벗겨라."

"벗겼습니다."

"안에 뭐가 있느냐?"

"작은 씨앗이 몇 개 있습니다."

"그 씨앗 중 하나의 껍질을 다시 벗겨보아라."

"네."

"씨앗 안에 뭐가 있느냐?"

"어! 안에 아무것도 없는데요."

"아들아! 반얀나무의 생명은 씨앗 안에 있지만 그 안에는 아무것도 없다. 진리는 밖에도 안에도 없다. 사람은 그저 진리에 녹아 진리 자체로 변할 수밖에 없다."

진리에 녹아들다

"아버지! 좀 더 가르쳐 주십시오."

수폐다가타가 말했다.

"이 소금 덩어리를 물통 속에 넣어 보거라."

아버지가 소금 한 덩이를 꺼내주었다.

"소금 덩어리를 물통에 넣었습니다."

수폐다가타가 말했다.

"이제 그 소금을 다시 꺼내다오."

"어! 물속의 소금이 다 없어져 버렸어요."

"물통 위쪽의 물맛을 보거라."

"짭니다."

"이제 물통 중간의 물맛을 보거라."

"역시 짭니다."

"이제 물통 바닥 쪽 물맛을 보거라."

"역시 짭니다."

"아들아! 어떤 상황에 처하더라도 소금이 물에 녹은 것처럼 해야 한다. 소금은 녹아 없어졌지만 물통 전체의 짠

맛이 된 것이다. 소금은 스스로를 잃으면서 전체에 녹아 들었지만 어떤 것도 자기 자신이 아닌 바가 없다."

아버지가 수페다가타에게 말했다.

"아들아!
어떤 상황에 처하더라도
소금이 물에 녹은 것처럼
해야 한다. 소금은 녹아 없어졌지만
물통 전체의 짠맛이 된 것이다.
소금은 스스로를 잃으면서
전체에 녹아들었지만
어떤 것도
자기 자신이 아닌 바가 없다."

검은 대나무와 붉은 대나무

한 부자가 화가에게 대나무를 그려달라고 부탁하자 화가는 붉은 대나무 하나를 그려주었다.

부자가 보고 말했다.

“정말 잘 그렸는데 색깔이 틀렸네요! 검은색으로 그려야 하는데 붉은색으로 그렸어요.”

화가가 물었다.

“무슨 색으로 그리고 싶어요?”

부자가 답했다.

“당연히 검은색이죠.”

화가가 말했다.

“아무도 붉은 대나무를 본 사람은 없어요, 하지만 또 검은색 대나무를 본 사람은 누가 있을까요?”

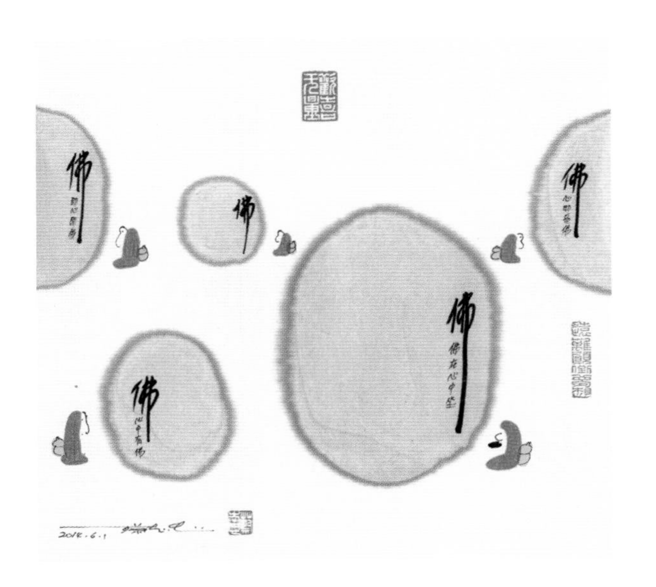
佛
佛
佛
佛在心中坐
佛
心中有佛

옷 입고 밥 먹는 것이 곧 수행

또 어떤 사람이 조주선사에게 물었다.

"대사께서도 수행을 하셔야 합니까? 수행이라는 건 무엇입니까?"

조주가 말했다.

"옷 입고 밥 먹는 것이지요."

그가 다시 물었다.

"그건 일상의 자질구레한 일들입니다. 제가 물은 것은 수행이고요."

조주가 답했다.

"당신은 제가 매일 수행 외에 또 다른 일이 있다고 생각하시나요?"

생활이 곧 수행이고, 수행은 진실하게 생활 속으로 들어가야 한다. 걷고 머물고 앉고 눕는 매 순간순간이 모두 수행이고 생활이다.

그래서 육조혜능대사는 말했다.

"불법은 세상에 있으며, 세상을 벗어나 깨닫는 것이 아니다. 세상을 떠나 지혜를 구함은 마치 토끼에게서 뿔을 찾는 것과 같다."

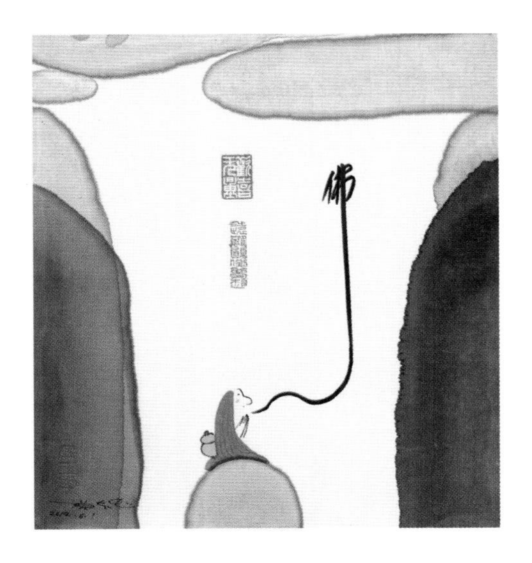

모르는 것이 가장 절실하다

청량문익선사는 절강(浙江) 여항(余杭) 사람으로 속성이 노(魯)이다. 그는 일곱 살에 출가하여 스물에 계를 받았다. 이후 무산(鄮山) 육왕사(育王寺)로 가서 희사율사에게 율종을 배우고, 다시 남쪽으로 가서 장경선사를 모셨다.

계침(桂琛)이 그에게 물었다.

"어디로 가시오?"

문익이 말했다.

"여기저기 행각을 하고자 합니다."

계침이 다시 물었다.

"행각이란 어떤 것이오?"

문익이 말했다.

"모르겠습니다."

계침이 문익을 칭찬하며 말했다.

"모르는 것이 가장 절실한 것이오."

알면 안다고 하고, 모르면 모른다고 하는 것, 이것이 바로 진정한 앎이다.

선에서 가장 꺼리는 것은 거짓으로 꾸미는 것이다. 자기는 할 수 없는데도 앵무새처럼 말만 배우는 것이다.

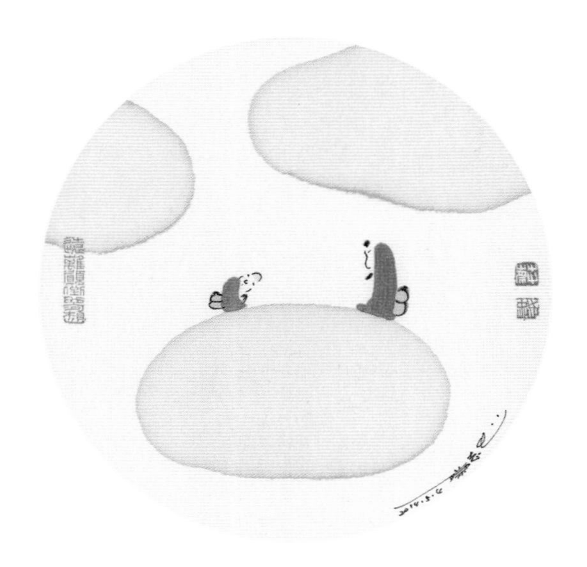

본래 부족함이 없는 것

희천선사가 그의 스승인 청원행사선사를 처음 찾아뵐 때 일이다.

청원행사가 물었다.

"어디서 오는 길인가?"

희천이 답했다.

"조계(曹溪)의 육조혜능에게서 오는 길입니다."

청원행사가 다시 물었다.

"조계에서는 어떤 것들을 얻었는가?"

희천이 답했다.

“저는 조계에 가기 전에는 부족한 것이 없었습니다.”

“그런데 조계에는 왜 갔는가?”

“가지 않았다면 제가 부족한 게 없었다는 것을 어찌 알았겠습니까?”

선을 배우는 것은 뭔가를 얻게 하려는 것이 아니라 자신이 본래부터 부족한 것이 없음을 깨닫게 하는 것이다. 깨닫기 전에는 자신이 무엇을 필요로 하는지 몰라서 무엇이든 필요로 하게 된다. 깨달은 후에는 자기에게 무엇이 필요한지 알아서 전혀 부족한 것이 없게 된다.

불립문자

한 번은 사람들이 약산유엄선사에게 설법을 청하였다. 유엄은 억지로 수락은 했으나, 대중들이 모이기 시작하자 한 마디도 하지 않고 바로 방으로 돌아와 버렸다.
주지가 그를 쫓아가 따졌다.
"불당에 올라 설법을 해주기로 약속하셨으면서 왜 급하게 방으로 돌아가십니까?"
유엄이 말했다.
"강경은 강경하는 법사가 있고, 계율은 또 계율을 말하는 율사가 있소. 나는 선사이고, 선은 말로 형용할 수 있는 게 아니오. 어차피 헛된 말일 터인데 왜 나를 탓하시오?"

佛
心中有佛
2010.5.25

피안에 이르다

만약 어떤 사람이,
진정으로 자신을 찾고, 자기 인생의 길을 찾고,
자신의 뜻에 따라 한 평생을 걸어간다면,
그는 이렇게 말할 수 있다.
시작하자마자 곧 피안에 다다라,
청정지도(淸淨之道)에서 편안히 해탈한 무고의 경계에 처했다고!

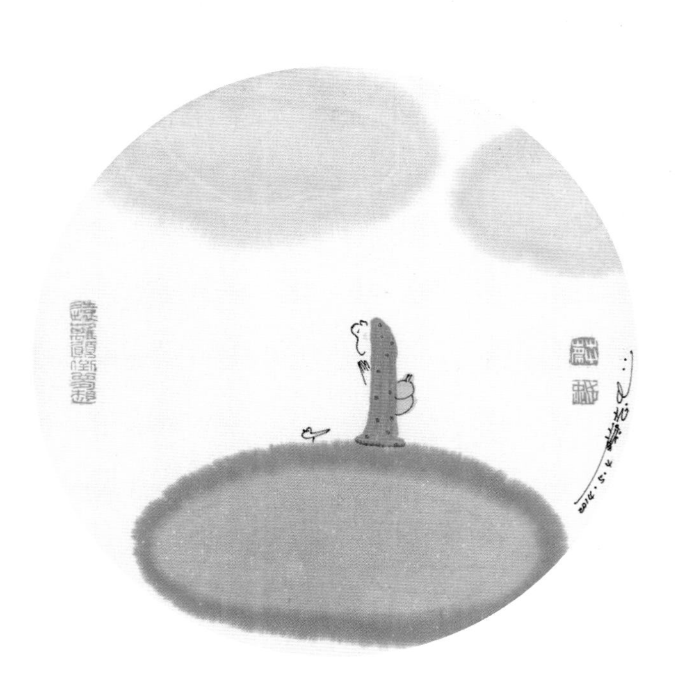

3

깨달음에 머물기

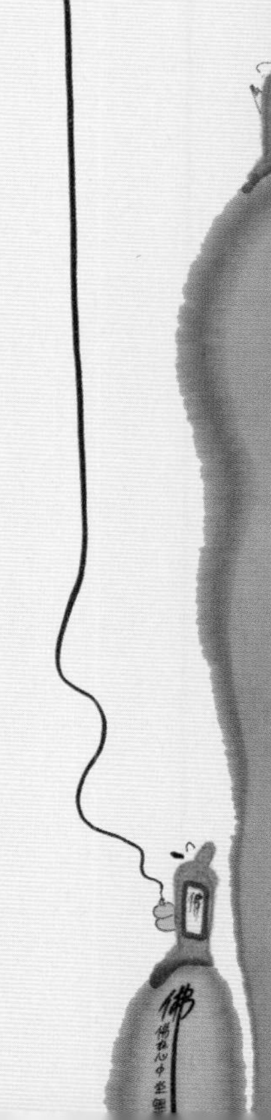

누구도 나를 속박하지 않는다

한 승려가 석두희천선사에게 물었다.

"무엇이 해탈입니까?"

희천선사가 되물었다.

"누가 당신을 속박하오?"

승려는 그 의미를 알지 못해 계속해서 물었다.

"무엇이 정토입니까?"

희천선사가 반문했다.

"누가 당신을 더럽게 했소?"

승려가 또 물었다.

"무엇이 열반입니까?"

희천선사가 답했다.

"누가 삶과 죽음을 당신에게 주었소?"

모든 것이 공空이나 성질은 불공不空이다

철주화상이 독원선사에게 말했다.

"마음, 부처, 중생 삼자가 모두 공입니다."

독원선사는 가볍게 목탁만 두드릴 뿐 아무런 답도 하지 않았다.

철주화상이 계속 말했다.

"현상의 본성 역시 공입니다. 깨달음도 없고(無悟) 미혹함도 없고(無迷), 성스러움도 없고(無聖) 범속함도 없고(無凡),

베풂도 없고(無施) 받음도 없는(無受) 것이지요."

말이 끝나자 독원선사는 목봉을 들어 철주화상의 머리를 쳤다.

철주화상이 화를 내며 말하였다.

"왜 내 머리를 때리는 거요?"

독원선사가 말했다.

"모든 것이 공이라 했으면서 왜 이리 화를 내는 것이오?"

침도
스스로 마르게 두어라

걸핏하면 화를 내고 틈만 나면 사람들과 다투는 한 젊은이가 있었다. 사람들은 모두 그를 좋아하지 않았다. 어느 날 그는 대덕사(大德寺)에 갔다가 일휴선사의 설법을 듣고서 이전의 잘못을 통렬히 뉘우치겠다는 발원을 했다.

젊은이가 일휴선사에게 말했다.

"스승님, 앞으로 저는 절대 사람들과 싸우지 않겠습니다. 누가 제 얼굴에 침을 뱉어도 쓱 한 번 닦고 조용히 참을 겁니다!"

일휴선사가 말했다.

"침이 자연히 마를 수 있도록 닦지도 말거라!"

젊은이가 말했다.

"그렇게는 못 합니다. 왜 그런 모욕을 참아야 합니까?"

일휴선사가 말했다.

"그를 얼굴에 잠시 앉은 모기라 생각해라. 그럼 그와 다툴 필요도 없고 욕할 가치도 없다. 침을 얼굴에 뱉어도

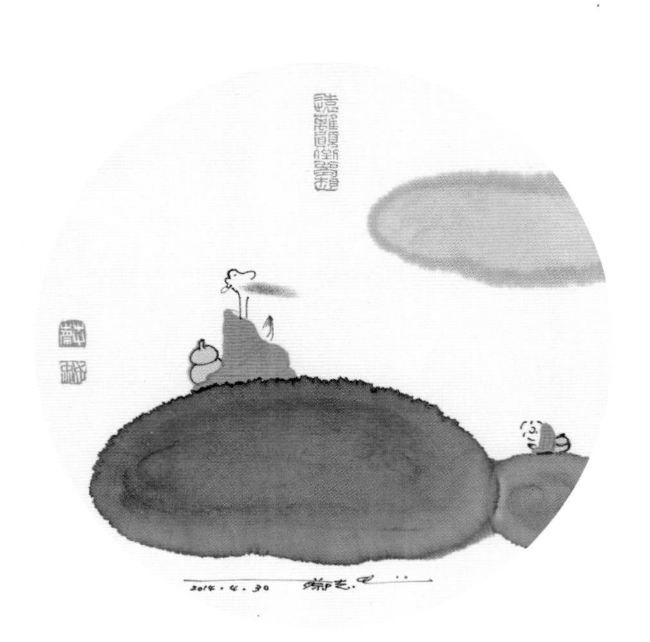

웃으며 받아들이거라."

젊은이가 말했다.

"그럼 상대방이 주먹으로 저를 때리기라도 하면 어떡합니까?"

일휴선사가 답했다.

"역시 신경 쓰지 말거라. 주먹 한 대일 뿐이지 않느냐."

젊은이는 갑자기 일휴선사의 머리를 한 대 때린 다음 말했다.

"스님, 지금 어떠십니까?"

일휴선사가 말했다.

"내 머리는 돌처럼 단단하다. 오히려 네 손이 아프지 않으냐?"

젊은이는 부끄러워 아무 답도 하지 못했다.

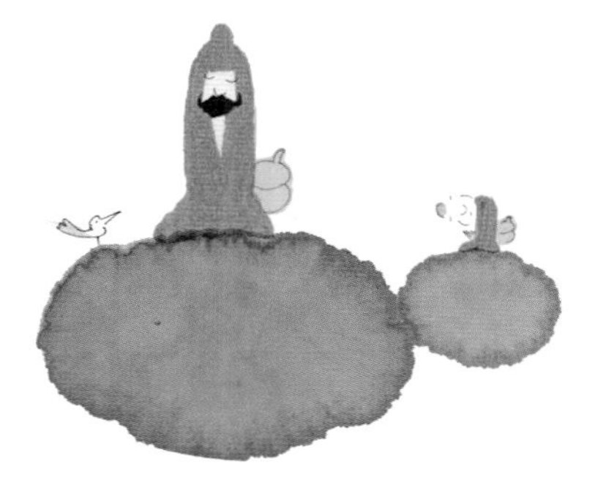

인정하려 하지 않다

담주혜랑선사가 마조도일선사를 방문했을 때 마조도일선사가 물었다.

"무엇을 구하러 오시었소?"

"부처의 식견을 구하러 왔지요."

마조도일선사가 말했다.

"부처는 식견을 초월하오. 식견이 있는 건 마귀지 부처가 아니오."

혜랑이 이 말을 듣고 공손히 예를 올렸다.

마조도일선사가 물었다.

"당신은 어디서 오시었소?"

"호남 석두희천선사가 계신 곳에서 왔습니다."

"당신은 석두희천의 자비를 져버렸소. 어서 돌아가시오. 다른 곳은 당신에게 적합하지 않소."

혜랑이 석두선사에게 돌아와서 도를 청했다.

"부처란 무엇입니까?"

석두선사가 답했다.

"너에게는 불성이 없다."

혜랑이 의심이 가득하여 물었다.

"꿈틀거리는 중생에게도 불성이 있다는데 왜 제게는 불성이 없다 하십니까?"

"너는 꿈틀거리는 중생이 아니기 때문이다."

혜랑이 다시 물었다.

"제가 꿈틀거리는 중생만도 못하다는 말씀이십니까?"

석두선사가 훈계하듯 말했다.

"너는 인정하려 하지 않기 때문이다."

혜랑은 이 말에 큰 깨달음을 얻었다.

깨달음의 장애물은 자기 자신

어떤 사람이 공공존자에게 물었다.

"당신은 어떻게 깨달음을 얻게 되었나요?"

"개 한 마리 때문에 깨달음을 얻었지요."

"깨달음의 스승이 개 한 마리란 말씀이신가요?"

"맞습니다. 개 한 마리가 저를 깨우쳐 주었습니다."

공공존자가 말했다.

"어느 날 저는 물가에서 목말라 죽어가는 개를 보았습니다. 그 개는 고개를 자주 물가로 내밀었는데 그때마다 놀라서 펄쩍 뛰었어요. 물속에 개 한 마리가 있었거든요."

"그래서요?"

공공존자가 말을 이었다.

"결국 참지 못할 정도로 목이 말라 두려움을 무릅쓰고 훌쩍 물속으로 뛰어들었지요. 그랬더니 물속의 개가 보이지 않았어요. 갈증을 풀지 못하도록 방해한 것이 자기 그림자였음을 알게 되었지요. 이 일로 인해 저는 저를 막고 있는 장애물이 저 자신임을 알게 되었어요. 그래서 제 장애물은 금방 사라지고 저는 깨달음을 얻었답니다."

나는 누구인가?

어느 날 공공존자가 깊은 사색에 빠져있을 때, 한 추종자가 와서 말했다.

"저는 공공존자를 찾으러 왔습니다."

공공존자가 말했다.

"저도 공공존자를 찾고 있습니다만, 찾은 지 30년이 지났는데도 아직 찾지 못하였습니다."

선종의 도를 전하는 방법

선은 경문의 강의와 설법을 통해 도를 전하지 않고,
개인의 깨달음을 가장 중요한 임무로 여긴다.
선은 '홀로 깨닫는(獨覺)' 것이지
'설법을 듣는(聲聞)' 것이 아니다.
사람의 일생은 곧 참선의 과정이다.
어떤 사람은 생명의 진리를 먼저 깨달은 후에
마음껏 일생을 보내고,
어떤 사람은 걸으면서 생각하고 걸으면서 참선을 하며
자기 인생의 길을 밟는다.

선사의 역을 맡은 당나귀

제자가 물었다.

"수행자가 정말로 깨달았는지 그렇지 않은지를 어떻게 꿰뚫어 볼 수 있는지요?"

"깨달은 척하는 선사는 '경전에서 말하기를'이라며 꼭 경전을 인용한다. 그의 진짜 의미는 '내 말을 들어라!'는 것이다."

무위대사가 말했다.

"네가 진짜 선사와 가짜 선사를 분별하지 못한다면, 네가 어떤 신성한 질문을 하더라도 앵무새의 되뇌는 말과 어리석은 당나귀의 울음소리만 얻을 수 있을 뿐이다."

佛
心中有佛
2014.5.26

"네가 진짜 선사와 가짜 선사를
분별하지 못한다면,
네가 어떤 신성한 질문을 하더라도
앵무새의 되뇌는 말과
어리석은 당나귀의
울음소리만
얻을 수 있을 뿐이다."

대사와 연기자

어떤 사람이 공공존자에게 물었다.

“어떤 시대에는 대사(大師)들이 넘쳐나는데 왜 지금은 깨달음을 얻은 선사들이 이렇게 적을까요?”

공공존자가 말했다.

“소위 대사란 종교적인 말들을 쓰면서 청중을 웃기는 연기자일 뿐이오. 밖으로 이름을 날리니 많은 추종자가 그를 따르고, 그래서 대사라고 높여 부르지요. 진정으로 도를 깨달은 사람은 항상 이름을 숨기고 조용히 수행하는데 당신이 어떻게 그들을 볼 수 있겠습니까?”

佛
2014. 4. 12

지식은 진리가 아니다

제자가 물었다.
"왜 어떤 사람은 모든 지식을 다 공부해도 인생의 진리를 알지 못할까요?"
무위대사가 답했다.
"모든 약이 사람들에게 유익한 것은 아니고, 모든 나무에 열매가 맺는 것은 아니며, 모든 열매를 먹을 수 있는 건 아니다. 지식 하나하나가 모든 사람에게 유익한 것은 아니다. 모든 인생이 우리가 기대한 것과 같지는 않다. 모든 수행자가 지혜의 피안에 이를 수 있는 것은 아니다. 지식은 진리가 아니며, 진리는 삶의 작은 부분 속에 숨어 있다."

달을 가리키는 손가락

무진장(無盡藏)이 육조혜능에게 말했다.

"제가 《열반경》을 여러 해 읽었는데 이해하지 못하는 부분이 아직 많습니다. 가르침을 받고 싶습니다."

혜능이 그녀에게 말했다.

"저는 글자를 모릅니다. 그러니 경문을 저에게 읽어주시면 몇 가지 문제의 해결에 도움이 될 수도 있겠습니다."

무진장이 웃으며 말했다.

"글자도 모르면서 어떻게 경전의 해석에 대해 논할 수 있나요?"

혜능이 말했다.

"진리는 문자와 무관합니다. 진리는 하늘의 밝은 달과 같고, 문자는 그 달을 가리키는 손가락일 뿐입니다. 손가락은 달이 있는 곳을 가리킬 수 있지만 손가락 자체가 달은 아니지요. 달을 볼 때 꼭 손가락이 필요한 것은 아니지 않습니까?"

이에 무진장은 경문을 혜능에게 읽어주었고, 혜능은 한 구절 한 구절 해석을 하는데 경문의 원래 뜻에 부합되지 않는 곳이 하나도 없었다.

진리는 문자와
무관합니다.

진리는 하늘의 밝은 달과 같고,
문자는 그 달을 가리키는
손가락일 뿐입니다.

손가락은 달이 있는 곳을
가리킬 수 있지만
손가락 자체가
달은 아니지요.

눈을 뜨다

부처는 깨달음을 얻으면서 말하였다.

"얼굴의 눈이 떠졌고, 광명의 눈이 떠졌고, 지식의 눈이 떠졌고, 지혜의 눈이 떠졌고, 선(善)의 눈이 떠졌다. 예전에는 눈으로 진실을 보지 못했으나, 지금은 실제의 모습이 눈앞에 선명하다."

깨달은 자가 말하였다.

"지금까지 나는 '유(有)'를 추구했다. 그러나 아무리 많은 '유'라도 마음속 빈 부분을 가득 채울 수 없다. 지금의 나는 나를 찾을 수 없으며…… 내가 보이지 않으면서 마음속 빈 부분도 자연히 사라졌다."

가죽, 살, 뼈, 골수

"내가 본래 이 땅에 온 것은 불법을 전해 중생들을 구제하기 위해서이다.
한 송이 꽃이 다섯 이파리를 싹틔우니 자연히 그 열매를 맺으리라."

달마조사가 입적에 들 즈음 마음에 둔 네 명의 제자를 불러서 물었다.
"나는 이제 떠날 시간이 되었다. 각자 깨달은 경지에 대해 말해보아라."
도부(道副)가 먼저 일어나 말했다.
"제가 본 바로는 문자에 집착하지 않고 문자를 떠나지도 않고 도를 위해 쓴다는 것입니다."
달마가 말했다.
"너는 나의 가죽을 얻었다."
다음으로 총지(總持) 비구니가 말했다.

"제가 지금 이해한 바로는 아축불국(阿閦佛國)을 기쁘게 본다면 한 번 보고 다시는 보지 않는 것입니다."

달마가 말했다.

"너는 나의 살을 얻었다."

계속해서 도육(道育)이 나와서 말했다.

"사대(四大)가 본래 비어 있고, 오온(五蘊)은 있지 않으니, 내가 본 곳에서는 하나의 법도 얻을 만한 것이 없습니다."

달마가 말했다.

"너는 나의 뼈를 얻었다."

마지막으로 혜가(慧可)가 나와서는 한 마디도 하지 않고 달마에게 절을 올린 다음 그대로 서서 아무 말도 하지 않았다.

그러나 달마는 그를 받아들이며 말했다.

"너는 나의 골수를 얻었다."

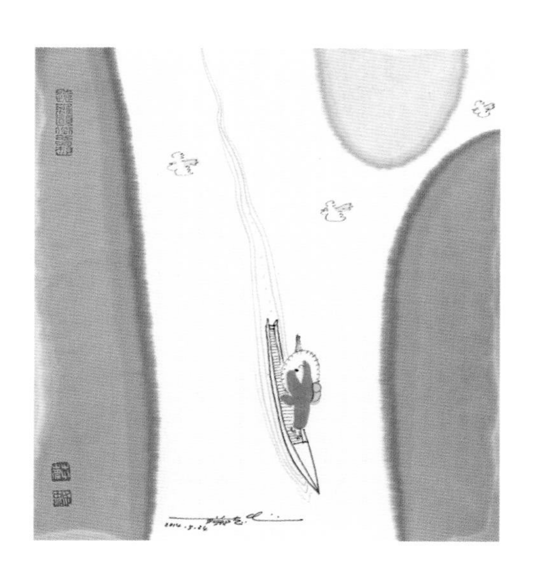

佛

백 가지를 알고 한 가지를 모르다

장씨 성을 가진 어느 유학자가 고금의 지식에 통달하여 '장백회(張百會)'라고 불렸다.

하루는 장백회가 남원선사를 찾아뵈었다.

남원선사가 그에게 물었다.

"당신은 그 유명한 장백회가 아니시오?"

장백회가 답했다.

"과찬이십니다."

남원선사가 손가락으로 허공에 가로획을 하나 긋고는 다시 물었다.

"이것이 무엇이오?"

장백회는 고개를 저었다.

"모르겠습니다."

남원선사가 말했다.

"일(一)도 모르면서 어떻게 백(百)을 안단 말이오?"

벙어리와 앵무새

한 학승이 혜림자수선사에게 물었다.

"어떤 사람이 깨달음을 얻고 득도했는데도 그 느낌을 말할 수 없다면, 이건 무엇과 같습니까?"

혜림자수선사가 말했다.

"벙어리가 꿀을 먹은 게지!"

학승이 다시 물었다.

"느끼지도 못했으면서 도만 말하는 사람은 무엇과 같습니까?"

혜림자수선사가 말했다.

"말을 배운 앵무새인 게지!"

"벙어리가 꿀을 먹은 것과 앵무새가 말을 배운 것에 무슨 차이가 있습니까?"

"벙어리가 꿀을 먹은 것은 지(知)이다. 사람이 물을 마시면 차가운지 따뜻한지 아는 것과 같다. 앵무새가 말을 배운 것은 부지(不知)이다. 어린아이가 말을 배우고도 그 뜻을 모르는 것과 같다."

학승이 물었다.

"아직 깨닫지 못한 선자(禪者)는 어떻게 설법으로 중생을 제도합니까?"

"자기가 아는 바를 말하고, 자기가 알지 못하는 바를 말하지 않는 것이다."

"스승님은 지금 '지'입니까 아니면 '부지'입니까?"

"그것은 벙어리가 황련을 먹고도 쓰다고 말하지 못하는 것과 같고, 말을 배운 앵무새가 매우 선(禪)하게 말하는 것과 같다. 네가 보기에 나는 '지'한 것이냐 아니면 '부지'한 것이냐?"

학승은 즉시 깨달음을 얻었다.

세 근의 깨

하루는 동산양가선사가 부엌에서 깨의 무게를 다는데 학승이 가르침을 청했다.
"부처란 무엇입니까?"
마침 동산양가선사는 깨의 무게를 달고 있었으므로 이렇게 답했다.
"깨 세 근이다."
학승은 이 말을 이해하지 못해 지문선사에게 물었다.
"양가선사께서는 왜 부처가 세 근의 깨라고 하십니까?"
지문선사가 말했다.
"온갖 꽃이 흐드러지게 핀 것이 비단처럼 아름답구나."
학승이 여전히 이해하지 못하자 지문선사가 다시 말했다.
"남쪽 땅의 대나무, 북쪽 땅의 나무."
모래 한 알과 돌멩이 하나가 모두 여래의 법신이며, 한 방울의 물속에서 삼천의 세계를 볼 수 있다.
밖에서 찾으면 곧 착오가 생기며, 도를 본 자에게는 곳곳이 모두 부처이다.

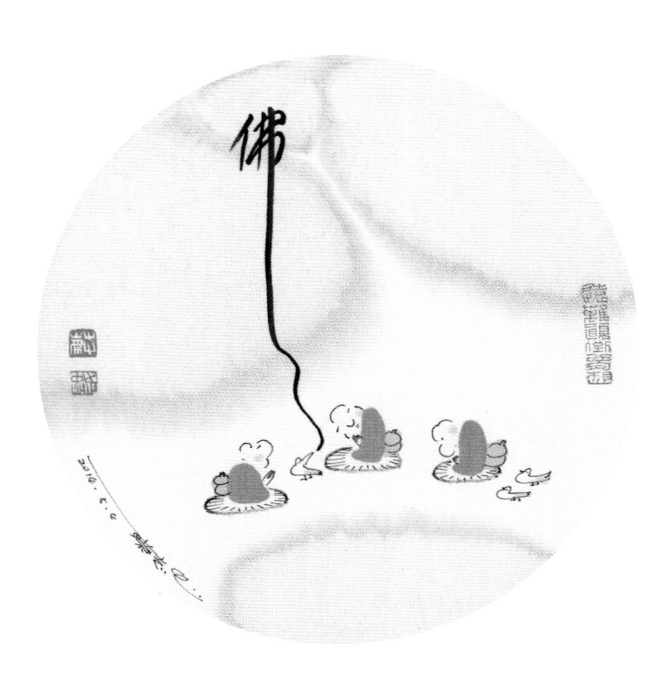
佛

가르침에 따라
큰 뜻을 깨우치다

이는 부처의 말씀을 통해,

선종의 근본 의미를 깨우치는 것이다.

선종은 경문의 암송과 예불을 장려하지 않고,

삶의 세밀한 부분 하나하나에서 부처의 사상을 직접 실천한다.

선은 의미 없는 경론과 공허한 담론에 빠지지 않으며,

확실한 실천을 통해서만 깨우칠 수 있다.

수행자는 행하고(行), 머무르고(住), 앉고(坐), 눕는(臥) 중에도 세세한 실제의 행위 하나하나를 통해 진리와 직접 통한다.

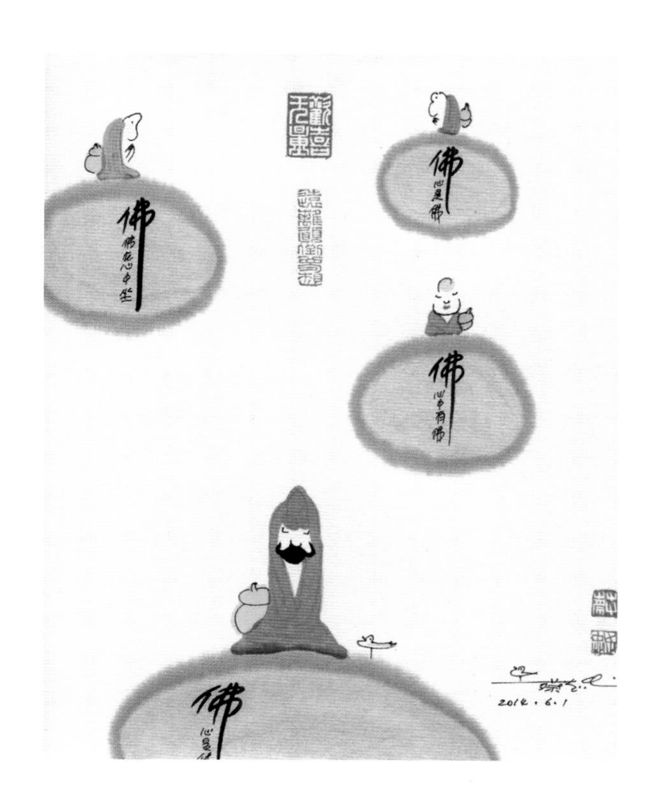
佛
佛在心中坐
佛
心是佛
佛
心中有佛
佛
2014.6.1

겨자씨 속 수미산

강주자사(江州刺史) 이발(李渤)이 귀종지상선사에게 물었다.

"불경에서는 수미산이 겨자씨를 받아들일 수 있다고 했습니다. 이에 대해서 저는 어떤 의문도 없습니다. 그런데 겨자씨가 수미산을 능히 받아들일 수 있다고도 하니, 이건 터무니없는 소리가 아닌가요?"

"사람들은 자사 대인께서 만 권의 책을 독파했다고 말합니다. 정말인가요?"

귀종이 되물었다.

"그렇습니다."

이발이 답했다.

"자사의 머리는 겨우 야자열매만 한데, 여기에 경전 만 권을 담을 수 있습니까?"

이발은 아무 말도 하지 못했다.

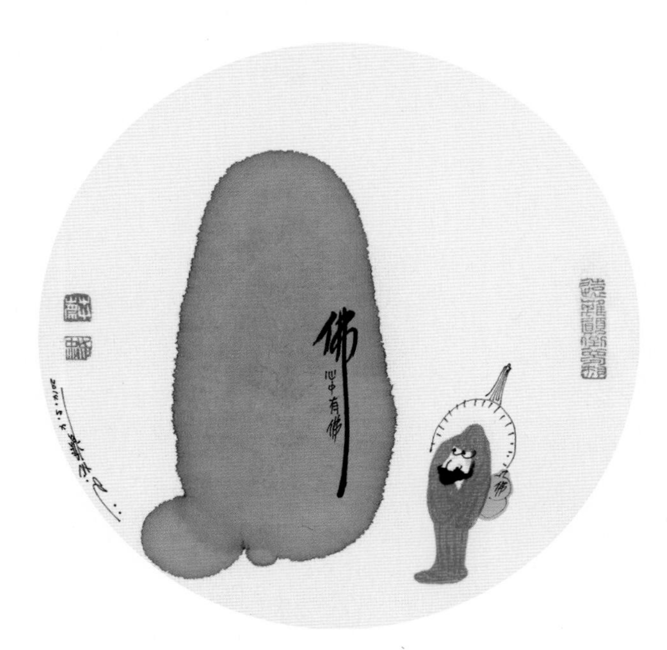
佛
心中有佛

두 마디 지혜의 말

제자가 선사에게 물었다.

"지혜란 무엇입니까?"

선사가 말했다.

"모든 지혜는 두 마디 말로 정리할 수 있다."

"어떤 두 마디 말인지요?"

"너를 위해 하는 것은 되는 대로 내버려 두어라. 반드시 해야 하는 것은 확실히 하여라."

"너를 위해 하는 것은
되는 대로 내버려 두어라.
반드시 해야 하는 것은
확실히 하여라."

佛
佛
佛在心中坐
2014.6.1

순수한 대답

공공존자가 당 위에 귀하디귀한 꽃 십여 가지를 펼쳐 놓고 제자들에게 물었다.

"향기를 맡아보고 무엇인지 맞춰 보아라."

제자들은 한참이나 향기를 맡았으나 아무도 답을 하지 못했다.

그중 눈이 먼 제자가 말했다.

"이렇게 간단한 답을 왜 아무도 생각해내지 못할까?"

"너는 알아?"

제자들이 눈먼 동학에게 물었다.

"꽃이잖아!"

눈먼 제자가 답했다.

문제는 원래 단순한데 우리는 그것을 너무 복잡하게 만든다. 흔히 답은 사고의 뒤가 아닌 문제 바로 앞에 있다!

당나귀에게 한 대 차이다

조주선사가 한번은 수유선사를 찾아왔다.
수유선사가 말했다.
"선사님은 연세가 그렇게 많으면서도 곳곳으로 행각을 다니시는데, 왜 한 곳을 정해서 마음 편히 수행하지 않으시는지요?"
조주선사가 말했다.
"마음 편히 수행할 수 있는 곳이 어디인지 좀 알려주시지요."
수유선사가 반문했다.
"남에게 묻지 마시고요! 어쨌든 연세가 이렇게 많으신데 스스로 머물 곳도 모르셔서야 되겠습니까?"
조주선사가 말했다.
"저는 30년 넘게 나귀를 몰고 산천을 오가며 인연이 닿는 대로 지냈습니다. 그런데 오늘 나귀에게 한 대 차일 줄은 생각지도 못했습니다."

영운선사의 다른 뜻

어느 날 장생교연선사가 영운지근선사에게 물었다.

"천지가 혼돈에서 아직 깨어나지 않았을 때 세상은 어떤 모습이었는지요?"

영운지근선사가 답했다.

"혼돈에서 깨어나지 않은 바로 그 모습이었지요."

교연선사가 다시 물었다.

"천지의 혼돈에서 이미 벗어났을 때는 또 세상이 어떤 모습이었을까요?"

영운지근선사가 말했다.

"혼돈의 상태에서 이미 벗어난 그 모습이었지요."

"선사의 말씀은 말해도 말하지 않은 것과 같습니다."

"본래 일체의 말은 모두 말하지 않은 것입니다."

교연선사가 다시 물었다.

"이것 말고 다른 뜻이 또 있습니까?"

영운지근선사가 말했다.

"이것이 바로 다른 뜻입니다."

교연선사는 마침내 그 말을 통해 깨달음을 갖게 되었다.

무생無生의 깊은 뜻

흑 씨 성의 한 바라문이 두 손에 꽃병 두 개를 들고 부처에게 바치러 왔다.

부처가 흑 씨 바라문에게 말했다.

"놓아라!"

바라문은 곧 왼손의 꽃병을 땅에 놓았다.

부처가 또 말했다.

"놓아라!"

바라문은 오른손의 꽃병을 땅에 놓았다. 그러나 부처는 다시 그에게 말했다.

"놓아라!"

흑 씨 바라문이 부처에게 물었다.

"제 두 손에는 이제 아무것도 없습니다. 또 무엇을 놓으라는 말씀이신지요?"

부처가 말했다.

"손에 있던 꽃병을 놓으라는 것이 아니라 육근(六根), 육진(六塵), 육식(六識)을 놓으라는 말이다. 그것들을 전부 놓으면 생사를 초탈하고 고통의 윤회를 초탈할 수 있다."

흑 씨 바라문은 부처가 놓으라고 한 참된 의미를 즉시 깨달았다.

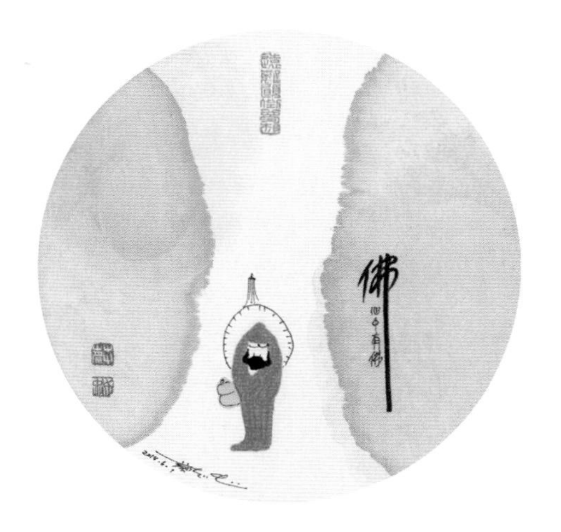

나는 부처가 아니다

절에서 공부하던 한 수재가 스스로를 총명하다고 여기며 항상 조주선사와 논쟁을 벌였다.

하루는 그가 선사에게 물었다.

"부처님은 자비로워서 중생을 제도할 때 늘 중생의 바람을 그대로 따르고 중생의 요구를 저버리지 않으신다고 합니다. 정말 그러한지요?"

조주선사가 답했다.

"그렇다!"

수재가 다시 말했다.

"저는 선사님께서 쥐고 계신 그 지팡이를 갖고 싶습니다. 제 바람을 이루어주시겠습니까?"

조주가 일언지하에 거절하며 말했다.

"남이 좋아하는 것을 빼앗지 않는 것이 군자의 도리이다. 알고 있느냐?"

수재가 꾀를 내어 말하였다.

“저는 군자가 아닙니다.”

조주선사가 큰 소리로 말했다.

“나 역시 부처가 아니다.”

부처는 있지 않은 곳이 없다

불전에서 불경을 염송하던 한 선사가 기침을 하다가 불상에 가래가 떨어졌다. 승려가 그를 질책하며 말했다.
"이런! 어떻게 가래를 법신에 뱉을 수 있단 말입니까?"
선사가 다시 한 번 기침을 하더니 승려에게 말했다.
"부처님은 있지 않은 곳이 없소. 이 허공에서 부처님이 계시지 않는 곳이 어디란 말이오? 또 가래가 끓고 있는데 이번에는 어디다 뱉으면 좋겠소?"

매실이 익었다

대매법상이 처음 마조를 배알하며 물었다.

"무엇이 부처입니까?"

마조도일선사가 답했다.

"즉심(卽心)이 부처입니다."

법상은 이 말을 듣고 그 자리에서 깨달음을 얻어 대매산으로 가서 은거하며 수행했다.

마조도일이 절의 승려를 시켜 그에게 물어보도록 했다.

"무엇이 좋아 여기 산에서 머무르십니까?"

법상이 답했다.

"마대사께서 제게 즉심이 곧 부처라고 하셔서 이곳으로 와 머물게 되었습니다."

승려가 말했다.

"대사께서는 근래 다시 불법을 고치셨습니다. 마음도 아니고 부처도 아니라고 말씀하셨습니다."

법상이 말했다.

"그분께서 마음도 아니고 부처도 아니라고 하시든 말든,

저는 그저 스스로의 즉심이 곧 부처일 뿐입니다."
승려가 돌아와 보고하자 마조도일이 감탄하며 말했다.
"하하하! 매실이 과연 익었구나!"
그래서 후대 사람들은 법상을 '대매법상선사'로 높여 불렀다.

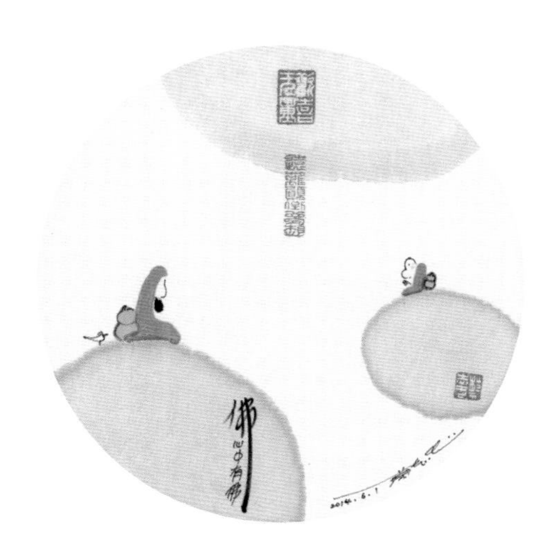

우산과 득도

어느 신도가 처마 밑에서 비를 피하던 중 우산을 들고 지나가는 한 선사를 보았다.

그가 외쳤다.

"선사님! 중생들을 구제하시니 이참에 저도 데려가 주시지요?"

선사가 말했다.

"나는 빗속에 있고 당신은 처마 아래에 있고, 처마 아래는 비가 없으니 저는 당신을 구제할 필요가 없습니다."

신도는 즉시 처마에서 나와 비를 맞으며 섰다.

"지금은 저도 빗속에 있으니 이제 구제해 주시겠네요!"

선사가 말했다.

"나도 빗속에 있고 당신도 빗속에 있습니다.
내가 비에 젖지 않는 것은 우산이 있어서이고,
당신이 비에 젖는 것은 우산이 없어서이지요.
그러므로 내가 당신을 구제하는 것이 아니라
우산이 당신을 구제합니다.
당신이 구제되길 바란다면 저를 찾을 게 아니라
우산을 찾아야지요!"
선사는 말을 마치자 곧 가버렸다.

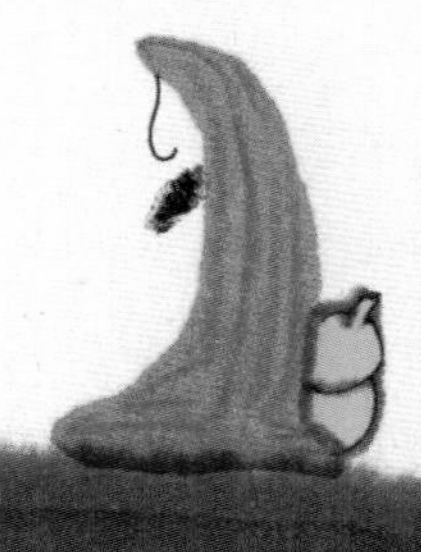

무아無我를 진정으로 사랑하다

어떤 사람이 높은 산에서 내려와 사막을 지나고 오아시스로 가서 자기가 가장 좋아하는 집에 도착했다.

"쾅! 쾅! 쾅!"

그가 문을 두드렸다.

"뉘시오?"

"나요!"

"죄송합니다. 안에 당신과 내가 있을 공간이 없군요."

집 안에 있던 사람이 답했다.

그는 높은 산으로 돌아와 깊이 고민했다. 1년 후 다시 오아시스의 작은 집 앞에 도착해 문을 두드렸다.

"뉘시오?"

"당신이오!"

문이 열리고 집안에서 소리가 들렸다.

"당신도 나도 없음을 진정으로 사랑하고, 내가 없어야 진리에 닿을 수 있습니다."

만법萬法을 스승으로 삼다

2,500년 전 부처가 제자들을 이끌고 숲을 지나다가 땅에 떨어진 나뭇잎 하나를 주워들었다.
부처는 고개를 돌려 제자들에게 말했다.
"자, 다들 말해 보거라. 내 손의 잎이 많은가? 아니면 이 숲의 잎이 많은가?"
제자들이 답했다.
"스승님! 스승님 손에는 잎이 하나뿐인데, 어찌 이것을 온 숲의 잎과 비교한단 말입니까?"
부처가 말했다.
"맞다! 내 손에는 하나의 이파리밖에 없어서 이 숲의 모든 이파리에 비할 수 없다. 내가 너희들에게 가르칠 수 있는 것은 이 손안의 이파리 하나와 같다. 그러나 세상이 너희들에게 가르칠 수 있는 것은 숲 전체의 나뭇잎만큼 많다."

자아의 깨달음이야말로 달콤한 과육

공공존자는 항상 은유로 설법을 한다.

한 제자가 원망스럽게 말했다.

"존자께서는 이야기만 할 뿐, 그 이야기의 숨은 뜻을 우리가 어떻게 이해할지는 알려주지 않으십니다."

공공존자가 말했다.

"나는 네게 과일 하나를 줄 순 있지만 너 대신 과육을 먹어버릴 순 없다."

道
2014.5.4

지식이 재산보다 낫다

부자가 무위대사에게 물었다.

"저는 이해할 수가 없어요. 왜 당신은 돈을 벌어 부자가 되지 않고 수행의 길을 택하셨죠?"

"지식이 재산보다 나으니까요."

"왜 지식이 재산보다 나은가요?"

무위대사가 답했다.

"재산은 당신이 돌봐야하지만, 지식은 당신을 평생토록 돌봐주지요."

"왜 지식이 재산보다 나은가요?"
"재산은 당신이 돌봐야하지만,
지식은 당신을
평생토록 돌봐주지요."

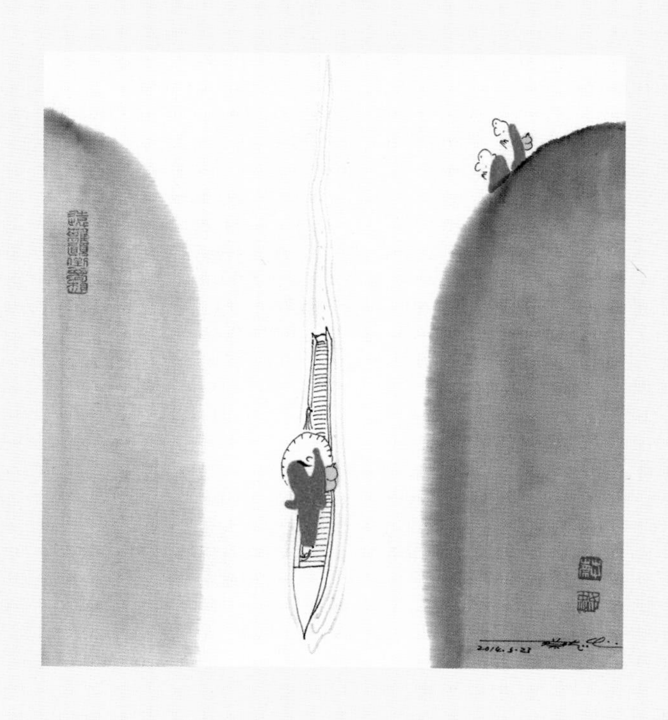
2016.5.23

돈오頓悟는 지옥을 천당으로 만들 수 있다

제자가 선사에게 물었다.

"돈오가 무엇입니까?"

선사가 답했다.

"작열하는 사하라 사막은 본디 얼음의 지옥이나, 얼음이 되어 '사막에서 얼음은 황금보다 귀함'을 깨닫는다면 이것이 곧 돈오이다!"

2016 . 5 . 26

당나귀는 말의 대체품

《경덕전등록(景德傳燈錄)》에 기록된 깨달음을 얻은 선사는 920명 정도이다. 선종이 가장 유행했던 때에도 깨달은 선사는 매우 적었으며, 지금 세상에는 진정한 선사가 더욱 드물다.

제자가 공공존자에게 물었다.

"누가 진정한 선사인지 어떻게 알 수 있는지요?"

공공존자가 답했다.

"말이 없는 나라의 당나귀들 사이에서 어떤 것이 말인지는 구별하기 매우 힘들다. 대부분의 선사는 진정한 선사가 아니라 선사의 대체품일 뿐이다. 진정한 선사는 지극히 적다. 대부분은 대체품일 뿐인데도 선사의 칭호를 받는다. 말이 없는 나라에서는 당나귀가 말로 불린다."

色即是空 空即是色
佛
心中有佛

돌은 마음 밖과 마음 안에 있다

청량문익(淸凉文益)이 계침선사에게 하직 인사를 올리자, 계침선사가 정원 앞의 돌을 가리키며 문익에게 물었다.

"너는 삼계유심(三界唯心)과 만법유식(萬法唯識)에 대해 알 것이다. 이 돌은 너의 마음 안에 있느냐, 아니면 밖에 있느냐?"

문익이 답했다.

"마음 안에 있습니다."

계침이 말했다.

"너 같은 행각승이 왜 이 커다란 돌을 마음속에 두려고 하느냐?"

청량문익은 이 말을 듣고 그 자리에서 깨달음을 얻었다!

佛
2014. 6. 1

소동파 선의 3단계

한림학사 소동파가 조각선사와 도를 논하면서 정(情)과 무정(無情), 동원종지(同圓種智)의 깨달음까지 이르게 되었다. 모래 한 알, 돌멩이 하나, 모든 것이 여래의 법신이며, 한 방울의 물속에서 삼천대천의 세계를 볼 수 있다는 깨달음이다.

그래서 아직 참선에 들지 않은 때, 참선에 들 때, 참선으로 도를 깨달은 후의 세 단계 선게(禪偈)를 지었다.

"참선에 들기 전: 횡으로 보면 산맥이고 옆으로 보면 봉우리라, 멀고 가깝고 높고 낮음이 저마다 다르구나. 여산(廬山)의 진면목을 알 수 없는 것은, 이 몸이 산중에 있어서라지.

참선에 들 때: 여산의 안개비와 절강의 조수, 가보지 못할 때는 온갖 아쉬움이 사라지지 않았네. 갔다 와보니 아무 일도 없고, 여산의 안개비와 절강의 조수구나.

도를 깨달은 후: 맑은 시내 소리는 부처의 넓고 긴 혀, 푸

른 산색은 부처의 청정한 몸이라네. 지난밤 팔만 사천의 게송을, 다른 날 어떻게 사람들에게 전해줄까?"

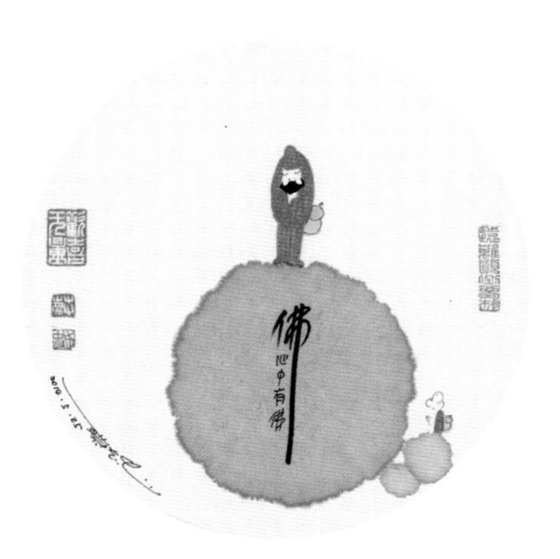

허공은 깜박여주지 않는다

어떤 법회에서 당나라 숙종(肅宗)이 남양의 혜충국사에게 많은 질문을 했다. 그러나 선사는 그에게 눈길 한 번 주지 않았다. 숙종이 매우 화가 나서 말했다.

"내가 대당의 천자인데 어찌하여 나를 본체만체하는 것이오?"

혜충국사가 숙종에게 되물었다.

"전하는 허공을 보신 적이 있습니까?"

"당연히 보았소."

"그때 허공이 전하께 눈을 깜박여주었습니까?"

숙종은 이 말을 듣고 달리 대답할 수가 없었다.

측백나무의 열매가 성불할 때

한 학승이 조주선사에게 물었다.

"측백나무의 열매에도 불성이 있습니까?"

"있지."

"언제 성불을 하는지요?"

"하늘이 땅에 떨어질 때이다."

"하늘은 언제 땅에 떨어집니까?"

조주선사가 말했다.

"측백나무의 열매가 성불할 때이다."